Burkhard Budde · Moment mal!

Moment mal!

Burkhard Budde

Eine Prise reicht manchmal aus

Denkanstöße aus dem Leben für das Leben

Verlag Ernst Knoth

Die Deutsche Bibliothek – CIP-Einheitsaufnahme

Budde, Burkhard:
Eine Prise reicht manchmal aus : Denkanstöße aus dem Leben für das Leben / Burkhard Budde. - Melle : Knoth, 1993
ISBN: 3-88368-256-X

2. Auflage

Gesamtherstellung: Ernst Knoth GmbH, D-49303 Melle

Printed in Germany 1994

ISBN 3-88368-256-X

Vorwort

Liebe Leserin, lieber Leser,

wer denkt, lebt bewußter. Wer bewußter lebt, denkt über sich und andere nach.

Denkende und bewußt lebende Mitmenschen sind eher in der Lage, neue Einsichten, Gewißheiten und Verhaltensweisen zu gewinnen.

Die „Moment mal"-Artikel, die in den letzten zwei Jahren im überregionalen Teil des WESTFALEN-BLATTES erschienen sind, laden zum Nachdenken, vielleicht auch zum Umdenken ein.

Viele Leser baten mich, diese Denkanstöße aus dem Alltag für den Alltag im Horizont des christlichen Glaubens in einem Buch zusammenzufassen und zu veröffentlichen, „da sie als Prisen das Leben vieler würzen und erneuern helfen", wie es jemand formulierte.

Bei dieser Gelegenheit möchte ich dem von mir sehr geschätzten Herausgeber des WESTFALEN-BLATTES, Herrn Carl-Wilhelm Busse, und seinem Chefredakteur, Herrn Rolf Dressler, danken, die die Kolumne ermöglicht haben. Gleichzeitig danke ich dem Ernst Knoth Verlag für die Herausgabe des Buches und Carsten Stackmann für die Eingabe der Artikel in den Computer. Ich weiß aus vielen Zuschriften und Gesprächen, daß diese „Prisen" auch eine seelsorgerliche Dimension und Menschen in Krisensituationen weitergeholfen haben.

Vielleicht trägt auch diese Sammlung, die als „Fundgrube" gedacht ist, ein wenig dazu bei.

Burkhard Budde

Vorwort zur 2. und erweiterten Auflage

Aufgrund der großen Nachfrage und des positiven Echos aus allen Teilen der Bevölkerung hat der Verlag Ernst Knoth aus Melle das Buch mit weiteren „Denkanstößen“ neu aufgelegt. „Moment mal“ will zur ethischen Orientierung beitragen, keinen moralischen Zeigefinger und auch keinen Absolutheitsanspruch erheben, aber auch nicht im Unverbindlichen oder im Betroffenheitskult steckenbleiben.

Wer tragfähige Brücken zum Nächsten schlagen will, darf ethisch nicht ins Schwimmen geraten, sondern muß auch Position und die Bereitschaft zeigen, sich sachlich und menschlich auseinanderzusetzen. Der christliche Glaube ist dabei die Lebenshilfe, die den Alltag erhellt und erneuert.

Auch die zusätzlich aufgenommenen Texte können in der Erwachsenenbildung, in der Jugend- und Altenarbeit, sowie in der Schule eingesetzt werden. Ein Leser schrieb, er habe das Buch als „persönliche Einladung zum konstruktiven Gespräch“ anläßlich eines Geburtstages verschenkt.

Rolf Dressler Bielefeld, im Dezember 1994
Chefredakteur WESTFALEN-BLATT
Bielefeld

Inhaltsverzeichnis

Bindungslosigkeit

Wer A sagt, soll auch B sagen

Wer A sagt, soll auch B sagen. Dies fällt jedoch vielen Mitmenschen schwer. Angesichts der Flüchtigkeit der Zeit, der Kurzlebigkeit vieler Dinge und der Vielgestaltigkeit der Reize werden viele in Atem gehalten. Sie sind unablässig auf Trab und können nur mit Mühe dauernde und lebendige Beziehungen eingehen. Davon zeugen nicht nur die vielen Scheidungen, heimliche „Seitensprünge", „harmlose Zwischenspiele", privates „Kuddelmuddel" oder Verabredungen zur „Freiheit in der Ehe", sondern auch das Mißverständnis, die Ehe sei nur ein Ort, an dem die Leibwäsche gewaschen und gebügelt wird. Auch haben viele Schwierigkeiten, sich an einen Verein, eine Einrichtung oder Organisation zu binden.

Mit der Bindungslosigkeit einher geht häufig eine Geschichts- und Traditionslosigkeit. Die Vergangenheit wird dann verdrängt und der Erfahrungsschatz zermalt. Wenn das geistige Erbe verstummt ist, werden die Lebenden schnell „maßlos", weil die Meßlatten vergangener Zeiten verlorengegangen sind.

Wer demgegenüber bereit ist, Leben zu bewahren und weiterzugeben, indem er dauerhafte Bindungen eingeht, entwickelt zugleich eine geistige Spann- und Widerstandskraft. Sie befähigt, unabhängig von Launen und Gefühlsschwankungen zu werden. Sie hilft bei der Suche nach Antworten auf die Fragen: Wer bin ich eigentlich? Was will ich? Was kann ich persönlich (nicht-)verantworten? In einer solchen Bindung wird der Mensch frei, sein Leben sachlich und menschlich zu meistern.

Die Beständigkeit macht belastbar; aber nicht blind, hörig oder denkfaul, sondern sehend und klug. Wenn A falsch war oder B erpressen oder bevormunden will, darf und muß das Gleichgewicht zwischen Selbst- und Fremdverantwortung neu bestimmt werden. Das kann in und außerhalb jeder Bindung zu Neuanfängen führen. Wer darüber hinaus verzeiht, bindet sich an die Freiheit der göttlichen Liebe.

Bedürfnisse

Mit dem Kopf fühlen, mit dem Herzen denken

Manche „Zeitgeister“ wollen uns einreden, man müsse einfach seine Bedürfnisse ausleben, um glücklich zu werden. „Ich bin nur freundlich, solange ich das Bedürfnis dazu verspüre“, sagte einer, der den „Durchblick“ zu haben meinte. Und ein anderer fügte mit „ernster Mine“ hinzu: „Ich arbeite nur, solange ich Lust zur Arbeit habe.“ Immer weniger Mitmenschen gehen solchen Stimmen auf den Leim. Sie wissen, daß Lust auch zum Dauerfrust werden kann und daß es zudem eine menschenverachtende Lust am Feindbild, am Haß und am Schmerz gibt. Als Leitbild für das Denken und Handeln ist die alleinige Bedürfnisbefriedigung nicht nur untauglich, sondern auch gefährlich.

Natürlich müssen die (Grund-)Bedürfnisse nach Nahrung, Kleidung und Pflege befriedigt werden. Auch spielen die Bedürfnisse nach Liebe, Geborgenheit und Gemeinschaft eine ganz wichtige Rolle im Leben eines Menschen. Und die Bedürfnisse nach Schönheit, Kunst und Religion gehören auch nicht an den Rand der menschlichen Existenz. Aber Gefühle allein kennen keine Maßstäbe und Grenzen; sie sind stets auf den gegenwärtigen Zeitpunkt ausgerichtet und können sich schnell wandeln.

Wer versucht, seine Gefühle mit vernünftigen Überlegungen in Einklang zu bringen, der kann das ganze Leben eher in den Blick bekommen. Wenn es sein muß, kann er auch nein sagen zu einer Befriedigung, die ihm zwar möglich wäre, aber seinem Nächsten schaden könnte.

Indem er mit dem Kopf fühlt und mit dem Herzen denkt, nähert er sich seinem Schöpfer, der ihn in die Freiheit zur Verantwortung und Liebe ruft und ein erfülltes und sinnvolles Leben ermöglicht.

Einsamkeit

„Allein" muß nicht „einsam" bedeuten

Wer allein lebt, muß nicht einsam sein. Und Einsamkeit gibt es auch in der Zweisamkeit. Dennoch kann die Vereinzelung zu einer besonderen seelischen Last werden. Da wartet der alleinlebende Mann auf Besuch. Aber die Türklingel will und will nicht schellen. Da ist die Geschiedene verbittert und kann die Trennung nicht verkraften. Aber niemand scheint sich ernsthaft für ihre Trauer zu interessieren. Da kämpft ein Jugendlicher mit seiner Schüchternheit. Aber aus eigener Kraft gelingt es ihm einfach nicht, Kontakte auf Dauer zu knüpfen. Da hat jemand in seinem Berufsleben viel Erfolg. Aber er ist mit seinem Gefühlsleben allein und einsam.

Einsamkeitsgefühle, die von Mensch zu Mensch ganz verschieden aussehen können, stellen sich besonders dann ein, wenn das Alleinsein aufgezwungen ist und kein verständnisvoller und hilfsbereiter Mitmensch in der Nähe ist. Es gibt aber auch selbstverschuldete Einsamkeit – im Alleinsein, aber auch in der Zweisamkeit oder einer Gemeinschaft. Mitverantwortlich ist der Einsame dann, wenn er sich ständig selbst bemitleidet oder immer den Beleidigten spielt. Die persönliche Einsamkeit wird auch nicht einfach durch Tabletten oder Alkoholkonsum überwunden. Selbst ein noch so tolles Essen „vertröstet" nur. Und der Preis der Bequemlichkeit und Selbstliebe, indem jemand nur an die eigenen Bedürfnisse denkt und deshalb allein leben will, ist eben die mögliche Einsamkeit.

Wer sie grundsätzlich zu überwinden trachtet, sollte nach einer bewußten und ehrlichen Bestandsaufnahme seiner persönlichen Situation geduldig kleine Schritte auf einen Mitmenschen hin wagen. Ein langer Weg beginnt immer mit einem ersten Schritt. Und alles braucht seine Zeit.

Die Voraussetzung für einen schöpferischen Lebensvorgang ist das Alleinsein. Die Voraussetzung für eine gute Gemeinschaft mit einem anderen Menschen ist die Überwindung der eigenen Einsamkeit.

Hilfe

Wer teilt, bekommt immer dazu

Menschen, die teilen können, müssen keine Träumer sein. Wer sein Leben mit anderen Menschen teilt, nicht einfach wegsieht, weghört oder weggeht, sondern gemeinschaftsfähig ist, trägt zu mehr Menschlichkeit und Schaffenskraft bei. Wer ein Stück seines Lebens gibt, wird immer auch ein Stück neues Leben empfangen. Der „Helfer in der Not", der dem Hilfsbedürftigen jedoch nur mit erhobenem Zeigefinger Moral predigt, ihn auf „bessere Zeiten" vertröstet oder ihn sogar auf die Anklagebank allgemeiner Vorwürfe setzt, erntet nur neue Vorurteile, Neid und Gehässigkeit. Die Not wird nur noch schlimmer.

Moderne Raubritter, die an der Not anderer verdienen, selbstsüchtig nur ihren eigen Beutel füllen wollen und auf Kosten anderer, der Schöpfung oder zukünftiger Generationen leben, übersehen ihre eigene innere Armut und Hilfsbedürftigkeit und sind in ihrem äußeren Wohlstand häufig sehr einsam. Wer meint, alles haben zu müssen und nur an sich denkt, muß noch lange nicht glücklich sein.

Derjenige, der krampfhaft und um jeden Preis sein Leben festhält, wird es auf Dauer verlieren. Wer demgegenüber teilen lernt, gewinnt ein erneuertes Leben und das erneuerte Leben anderer hinzu. Das gilt nicht nur im Blick auf Geld, Arbeitsplätze, Wohnungen, sondern auch für Chancen und Risiken, Zeit, Freud und Leid, sowie für das (Mit-)Teilen von Erfahrungen, Kenntnissen und Einsichten.

Allerdings muß Teilen nicht einfach Umverteilung und Gleichmacherei bedeutet. Das hieße, die Quelle der Hilfsmöglichkeiten unverantwortlich zuzuschütten. Auch darf das Teilen nicht dazu führen, den Notleidenden an den Dauertropf der Hilfe zu hängen und ihn damit zu entwürdigen und seine Leistungsfähigkeit zu mißachten. Dann würde die Not nur gepflegt.

Der Notleidende, der spontane und strukturelle Hilfe zur Selbsthilfe erfährt, zum Beispiel eine „Anschubfinanzierung" oder ein Gespräch über die Ursachen und Lösungsmöglichkeiten seiner Not, ist mit dem Helfer auf dem Weg zur mündigen Eigenverantwortung für sein Leben. Etwas zugetraut zu bekommen kann die eigenen schöpferischen Kräfte besser aktivieren als eine gönnerhafte Almosen-Perspektive. Und eines Tages ist der Hilfsbedürftige selbst in der Lage, das weiterzugeben, was er empfangen hat – kann so teilen, daß etwas Neues geschaffen wird.

Loben

Ein Lob dem Lob

Ein kleines Lob kann mehr bewirken als die große Besserwisserei. Was freute sich der Koch, als er hörte, daß das Hauptgericht gelobt worden war! Bei der Nachspeise gab er sich besonders viel Mühe. Das Gesicht des Schülers hellte sich auf, als der Lehrer seine guten Leistungen hervorhob und ihm trotz der mißlungenen Klassenarbeit Mut machte, gezielt weiterzuarbeiten. Nach dem Lob war der Mitarbeiter im Betrieb plötzlich bereit, auch schwierige Aufgaben zu lösen.

Dennoch scheint es, daß viel zu selten gelobt und viel zu häufig gerüffelt und gejammert wird. Manche Mitmenschen wollen allerdings auch gar nicht gelobt werden. Sie pochen lieber auf die formale Anerkennung ihrer Leistungen. Lob sei doch nur ein „fauler Zauber“ und Schmeichelei, die die persönliche Eitelkeit streichle, um einen egoistischen Vorteil zu erzielen.

Andere gehen nur sehr spärlich mit dem Lob um, weil sie Angst haben, mißverstanden zu werden. „Als ich ihn lobte und ihm meinen kleinen Finger reichte, ergriff er kurze Zeit später meine Hand.“ Auch kann es peinlich sein, wenn das Lob überzogen und die Grenze zwischen Wahrheit und Lüge verwischt wird. Und es ist ungerecht und verletzend, eine Person zu loben und dabei eine andere Person bewußt zu übergehen, die eigentlich das Lob verdient hätte.

Aber jenseits von Heuchelei, Selbstlob und Lobhudelei schafft ein aufrichtiges Lob zur rechten Zeit und am rechten Ort Luft zum Einatmen neuer Lebenskräfte. Neues Zutrauen kann gedeihen und Freude wachsen.

Wer sich über das Gelingen eines anderen mitfreuen kann, findet auch eher einen Zugang zum Geber aller guten Gaben. Das menschliche Lob endet dann nicht beim Menschen, sondern führt zum Lobpreis Gottes.

Lebensgeschichte

Der einmalige Film des Lebens

Welche Rolle spielen wir im Film unseres Lebens? Als Statist oder Zuschauer beobachten wir das Geschehen um uns herum mit neugierigen prüfenden Augen, mit Scheuklappen, einem ängstlichen oder gleichgültigen Blick. An bestimmten (Dreh-)Tagen nehmen wir eine Nebenrolle ein, fühlen uns dabei recht wohl oder ärgern uns, wenn wir nicht richtig gehandelt haben oder behandelt worden sind. Nach einer Hauptrolle drängen sich nur wenige, da sie mühsam wahrzunehmen ist und viel Kraft und Einsatz kostet.

Besonders in Krisensituationen fragen Menschen sich selbst und andere, ob es im Leben einen unsichtbaren Drehbuchautor gibt. Einerseits tragen doch die Menschen selbst Verantwortung für ihr Tun und ihr Lassen. Andererseits gibt es unverschuldete Schicksalsschläge. Mischt sich da ein tyrannischer Regisseur aus dem Hintergrund ein?

Der unsichtbare Drehbuchautor im Lichte des christlichen Glaubens mißbraucht den Menschen nicht als seine Marionette. Er schenkt ihm vielmehr (Lebens-)Spielraum, indem er persönliche Verantwortung zutraut.

Bei der Suche nach möglichen Regieanweisungen in der jeweiligen Situation können biblische Aussagen und Erfahrungen zur entscheidenden Orientierungs- und Deutungshilfe werden.

Der unsichtbare Regisseur ist im Spiel des Lebens mit von der Partie, wenn der Mensch vor ihm kein Theater spielt. Er ist zum Beispiel in einer Krise sowohl als Mitleidender als auch als Erneuerer erfahrbar. Im persönlichen Vertrauen auf die Lebensgeschichte und Botschaft Jesu Christi kann die Gewißheit der inneren Macht in der äußeren Ohnmacht wachsen; die Kraft zum Ertragen des Unabänderlichen und der Mut zum schöpferischen Neuanfang können geschenkt werden.

Der Film unseres Lebens muß kein flacher Spiel- oder Abenteuerfilm sein. Als einzigartiger und einmaliger Dokumentarfilm mit unterschiedlichen Szenen gibt es nicht immer einen erkennbaren Spielplan und ein „happy end". Aber ich vermag einen Drehbuchautor und Regisseur kennenzulernen, der mir zutraut, daß ich in meinem Leben die Hauptverantwortung wahrnehme. Im Ernst des Lebens steht er an meiner Seite – häufig jedoch anders, als ich es mir vielleicht vorstelle oder wünsche, aber letztlich immer im Geiste der Liebe und der Erneuerung.

Wer mit dem Herzen sehen lernt, dem kann es wie Schuppen von den Augen fallen.

Altern

„Alte Eisen" schmieden, nicht vergolden

Manches „alte Eisen" kann neu geschmiedet werden. Und eine neue Mode gerät schnell in die Abstellkammer des Lebens, wenn ihr die Substanz und Liebe fehlen.

„Muß ich mich in meinem Alter zurückziehen?" fragte ein Mann am Rande seines 70. Geburtstages. Dabei schien er einen inneren Blick auf den Kalender seines Lebens zu werfen. Auch mußte er wohl an seine körperlichen Beschwerden in der letzten Zeit denken. Und soziologisch gesehen gab es bereits vor fünf Jahren einen entscheidenden Einschnitt, nämlich den Eintritt in den Ruhestand.

Nur sein ganz persönliches Empfinden war offensichtlich ein anderes. Er fühlte sich aufs Ganze gesehen „jung und fit". Vor allem wußte er sich als zuverlässiger Großvater, der um die Ecke wohnt, wirklich gebraucht, ohne als billiger Babysitter mißbraucht zu werden. Gerade weil er seinen Kindern und Enkelkindern nicht ständig auf die Füße trat und sich in Erziehungsfragen nicht als Oberlehrer aufspielte, hatte sich ein gutes Verhältnis zwischen den Generationen entwickelt.

Ein älterer Mensch, der weder bevormundet noch gegängelt wird, kann als glaubwürdiger Rat- und Impulsgeber im Hintergrund, als lebendiger Bewahrer und Vermittler der Familiengeschichte, sowie als hilfsbereiter Reservevater in besonderer Weise vorleben, was zum Beispiel Enkelkinder später dann um so besser nachleben können.

Junge Menschen altern schneller, wenn sie alte Menschen mißachten und verachten. Alte Menschen werden nicht nur für die Familie, sondern auch für die Gesellschaft gebraucht. Sie selbst entdecken sich, andere und ihre Mitwelt neu, wenn sie ihre Lebensphase produktiv bejahen, ohne sie zu vergolden.

Für jung und alt gilt: Wo Liebe und Verantwortung ausgetauscht werden, entsteht eine neue persönliche und soziale Gemeinschaft, die Zukunft hat.

Auseinandersetzung

An diesem Tisch ist immer Platz

Eine runder Tisch ist der absoluten Funkstille vorzuziehen. „Solange du deine Füße unter den Tisch hälst, hast du zu gehorchen“, schrie der Vater seinen erwachsenen Sohn an, der ihn durch sein freches Verhalten zur Weißglut getrieben hatte. Davon war jedenfalls das Familienüberhaupt überzeugt. Als der „Frechdachs“ erneut widersprach und die Tür hinter sich zuschlug, war die Atmosphäre endgültig zerstört.

War das das Ende eines langen Konfliktes mit vielen Ursachen? Oder eine Momentaufnahme eines verschärften Generationenkonfliktes ohne Ende? Kann ein „runder Tisch“ helfen, Vater und Sohn zusammenzuführen?

Ein „runder Tisch“ lädt ein, den Chefsessel zu verlassen und partnerschaftlich miteinander umzugehen. Weder Frechheiten noch autoritäres Machtgebaren helfen in einem Konflikt weiter. Gegenseitige Beachtung und Achtung sowohl der Person als auch der Überzeugungen, Verständnis und argumentative Festigkeit sind wichtige Voraussetzungen eines gewaltlosen Streitgespräches. Dabei sind die Beteiligten zwar grundsätzlich nicht gleichartig, aber gleichwertig und gleichberechtigt.

Ein „runder Tisch“ ist auch keine Anklagebank und ermöglicht deshalb eine konstruktive Auseinandersetzung. Unrecht kann und sollte als Unrecht bekannt und aufgearbeitet werden, damit in Zukunft nicht neues Unrecht geschieht. Aber keiner muß immer recht behalten und den anderen auf seine Vergangenheit bis in alle Ewigkeit festnageln. Neue Perspektiven werden gewonnen, wenn mehr beurteilt und weniger verurteilt wird, wenn neue Wege gemeinsam beschritten werden, beide Partner dabei dazulernen, sich ändern und nicht in alten Vorurteilen und Feindbildern steckenbleiben.

Der besondere „Tisch des Herrn“ kann Christen im Blick auf die vielen Tische unserer Tage innere Kraft, Gelassenheit, neue Gewißheiten und Herzensgröße schenken. An diesem Tisch ist immer Platz. Er lädt ein zur Versöhnung mit Gott und zu Neuanfängen mit sich selbst und anderen.

Wahrheitssuche

Die Suche nach Wahrheit

Niemand ist im alleinigen Besitz der Wahrheit. Auch der Fanatiker und der Heuchler haben die Wahrheit nicht gepachtet. Alle Erkenntnisse, Einsichten und Erfahrungen sind grundsätzlich vorläufig und bruchstückhaft. Die Vielzahl der Wahrheiten sind einzelne Gesichtspunkte, die immer erst als Ganzes die Wahrheit zu erfassen suchen.

Dennoch ist die ständige Suche nach der Wahrheit wichtig für das Leben. Wer nach ihr bohrt kann den Kern der Dinge entdekken. Wer gleichgültig abwinkt, bleibt an der Oberfläche der Erkenntnis. Wer einfach wegläuft, verläuft sich schnell im Irrgarten des Lebens. Wer sich öffnet und interessiert nach ihr sucht, dem kann es wie dem Höhlenforscher ergehen, der immer wieder neue Ausgänge und beeindruckende Nebenräume findet.

Der Suchende muß allerdings persönlich Farbe bekennen. Wer die Frage nach der Wahrheit stellt, wird von ihr in Frage gestellt. Ein neutrales und distanziertes Verhalten ist nicht möglich. Auf dem Weg zur Entdeckung der Wahrheit entsteht eine persönliche Beziehung zu dem, womit ein Mensch sich auseinandersetzt. Es kommt der Punkt, an dem er sich fragen lassen muß, was er mit der Wahrheit bezwecken will, zum Beispiel verletzen oder heilen.

Das gesprochene oder geschriebene Wort ist wie ein Gefäß, in dem die Wahrheit verborgen ist. Es wird zerstört, wenn es der selbstgerechte Wahrheitsfanatiker und der verlogene Heuchler in die Hände bekommen. Wer andererseits in verständnisvoller Liebe und kritischer Vernunft mit diesem Gefäß umgeht, kann es randvoll mit dem schöpferischen Geist füllen, der zur neuen Erkenntnis der Wahrheit beiträgt. Der überwindet sein Scheinverhalten und lernt, wahrhaftig, frei und verantwortungsbewußt zu leben. Bei dem wissen andere, woran sie mit ihm sind. Der läßt sich vielleicht sogar von der Wahrheit suchen und finden, die immer konkreter Zuspruch und Anspruch Gottes an ihn ist, von der Wahrheit im Glauben an Jesus Christus.

Erziehung

„Papa ist das langweilig“

Gespräche mit Menschen sind besser als mit Maschinen. Argumente gegeneinander abzuwägen und vernünftig zu entscheiden ist sinnvoller als Fernsehprogamme und Computerdisketten als ständige Freizeitpartner zu betrachten. „Ich muß mit dir über deine Freizeitgestaltung reden“, sagt ein Vater zu seinem 13jährigen Sohn, der den ganzen Nachmittag Videospiele „konsumiert“. Recht barsch winkt der Junge ab: „Ich habe keine Lust, etwas anderes zu tun.“

Ein Vater, der in so einer Situation einfach nachgibt, kann sich „beliebt“ machen. Allerdings darf er sich nicht wundern, wenn sein Sohn ihm eines Tages vorhält: „Ist das langweilig. Du sagst immer zu allem ja und amen.“

Ein Vater, der sich sachlich und menschlich mit seinem Sohn über eine sinnvolle Freizeitgestaltung auseinandersetzt, gewinnt mit dem Sohn neue Einsichten und Erfahrungen. Können „Lust“-Gefühle Maßstäbe des Handelns sein? Engen sie nicht auf gegenwärtige Situationen ein? Müssen nicht Gefühle mit vernünftigen Überlegungen verbunden werden, um neue Perspektiven zu entdecken?

Eltern, die dabei vieles als gleich gültig anbieten, erzeugen Gleichgültigkeit beim Kind, weil es in der Regel überfordert ist, eine begründete Wahl vorzunehmen und sich auf Dauer entfremdet, entwurzelt und orientierungslos lebt. Die Vielfalt der Wege ermöglicht nicht die Personwerdung des Jugendlichen, sondern setzt eine Mündigkeit voraus, die erst gewonnen werden muß, um später auswählen und auch zu bestimmten Wegen nein sagen zu können.

Das Leben für Vater und Sohn wird besonders spannend, wenn der Vater seine Lebenserfahrung und seine Gewißheiten weitergibt, indem er sie vorlebt. Das ist ein Weg, der jenseits von erdrückender (Über-)Fürsorge und ängstlicher oder gleichgültiger Bequemlichkeit zur Selbständigkeit und Selbstverantwortung führt.

Ein Kind ist kein Eigentum der Eltern. Es ist ein Mensch mit eigenen Rechten, Pflichten und Bedürfnissen. Aber da zum Beispiel ästhetische, künstlerische und religiöse Bedürfnisse und Erfordernisse nicht vom Himmel fallen, trägt der Erwachsene für sein Kind eine besondere Verantwortung.

Fehler

Motoren der Menschlichkeit

Kleine Fehler sind wichtige Motoren der Menschlichkeit und des Fortschritts. Sie helfen, große Fehler zu vermeiden, wenn sie bewußt wahrgenommen und bekämpft werden. Wer meint, fehlerfrei leben zu können, wird unmenschlich. Wer menschlich handelt und Fehler verzeiht, lernt mit ihren Ursachen und Bedingungen besser umzugehen.

Es ist keine Schande, Fehler – zum Beispiel in der Politik, am Arbeitsplatz, in der Schule oder in mitmenschlichen Beziehungen zu machen, aber es ist schlimm, nicht zu ihnen zu stehen und nicht an ihnen und an sich zu arbeiten. Mitmenschen drücken sich vor ihrer persönlichen Verantwortung, wenn sie mit einer Unschuldsmiene auf ihre „weiße Weste" verweisen oder ängstlich und aggressiv einen „Sündenbock" ausfindig machen. Auf der Strecke bleiben die ehrliche Auseinandersetzung um Verbesserung und das gemeinsame Dazulernen. Menschen, die sich in ihre Fehler verlieben, sind stur und unbelehrbar. Ihre Überheblichkeit und Selbstgerechtigkeit sind die Quelle größerer Pannen.

Menschen, die nur auf Fehler achten, verbauen sich und anderen neue Wege. Angst und insbesondere Panik sind die Ursachen neuer, häufig viel folgenschwererer Fehler. Wer erlebt, daß er mit seinen Fehlern und Schwächen angenommen ist, kann sich und andere besser annehmen und immer wieder neu lernen, kleine (Schönheits-)Fehler und große Fehler zu vermeiden. Menschen werden christlicher, wenn sie sich selbst und anderen einen Neuanfang ermöglichen, weil ihnen selbst täglich Neuanfänge von Gott geschenkt werden. Gott liebt nicht den Fehler oder die Fehlerlosigkeit, aber den Menschen, der sich ändern und entwikkeln kann.

Tugende

Tugende kein Luxus

Tugenden gehören nicht auf den Schuttabladeplatz der Geschichte. Weil sie nicht einfach vom Himmel fallen, müssen sie hier auf Erden vermittelt werden. Und weil sie keinen überflüssigen Luxus darstellen, erfahren sie in den Niederungen des Alltags ihr Bewährungsprobe. Das gilt für alle Menschen, sowohl für den bärtigen Soziologiestudenten in Jeanshosen als auch für den Topmanager im makellosen Zweireiher.

Tugendhafte Menschen werden zu Unrecht verdächtigt, verstaubt und altmodisch zu sein. Wer versucht, weise, gerecht, besonnen zu leben und Zivilcourage zu zeigen, kann gerade wegen seiner Norm- und Wertgewißheit neue Wege ausprobieren, offen und flexibel sein.

Zu einem erfüllten Leben befähigen auch die sogenannten Sekundärtugenden wie Fleiß, (Selbst-)Disziplin, Pflichterfüllung, Höflichkeit, Rücksichtnahme und Pünktlichkeit. Als Selbstzweck (zum Beispiel: „Ich bin fleißig um des Fleißes willen und denke dabei nur an mich“) verlieren sie allerdings ihren Sinn und laufen auf Dauer ins Leere der Sinnlosigkeit. Als Mittel zum Bösen („Ich bin fleißig, um jemanden aufs Abstellgleis zu stellen und zu schaden“) werden sie sogar gefährlich und wirken zerstörerisch. Aber kein vernünftiger Mensch wird auf die Mittel zum Positiven („Ich bin fleißig, um mir selbst und anderen besser helfen zu können“) verzichten wollen, weil grundsätzlich diese Mittel auch dem Negativen dienen können.

Wer Untugenden verlernt, lernt Tugenden als aktuelle und konkrete Kraft kennen, das jeweils Richtige auch gegen innere und äußere Widerstände und mit persönlichem Einsatz und persönlicher Festigkeit zu verwirklichen. Allerdings kann ich noch so tugendhaft leben, ohne Liebe verliere ich Sinn im Leben. Wenn ich aber liebe, kann ich Tugenden als Mittel der Liebe und des Dienstes gewinnen.

Auswendiglernen

Mit Herz Gelerntes ist Gewinn

Ist das Auswendiglernen eine veraltete Sitte, die nicht mehr in die gegenwärtige Landschaft paßt? Wer lernt noch Gedichte, Lieder oder Reden auswendig, wenn es nicht unbedingt sein muß?

Auswendig gelerntes Wissen – Sinnvolles und nicht Belangloses – kann dennoch ein großes Lebensgewinn für einen Menschen sein.

Wenn einem Menschen zum Beispiel eigene Worte fehlen, hilft es ihm, sprach- und gesprächsfähig zu werden oder zu bleiben und auf seinem Lebensweg voranzukommen. Ein Notleidender drückte das so aus: „Als ich mit meinem Latein am Ende war, habe ich einfach das Vaterunser gesprochen, das ich einmal auswendig lernen mußte. Das hat mit geholfen."

Das Auswendiggelernte ist unter Umständen wie ein Marschkompaß, der die Richtung angibt. Das, was man mit dem Herzen gelernt hat, kann Verhaltenssicherheit vermitteln. Demgegenüber macht Nichtwissen oder Halbwissen anfällig für Sackgassen und Abgründe der Schwärmer und Verführer.

Wer etwas auswendig weiß, muß nicht zu einem Viel-, Besser- oder Alleswisser werden. Die Fähigkeit, sich auch zu seinem Nichtwissen zu bekennen, beruht auf der Einsicht, daß alles Wissen Stückwerk ist und im Zweifel das Bemühen um Wahrheit, Menschlichkeit und Bildung wichtiger ist. Alles Wissen reicht nicht aus, die Wirklichkeit der Welt in der Vielfalt und Ganzheit zu erfassen. Und kein Wissen liefert automatisch ein Gewissen. Auch das kleine oder große ABC des christlichen Glaubens nicht, das niemandem angeboren ist. Dieses auf das Leben ausgerichtet und auswendig Gelernte schenkt dem Herzen jedoch die Gewißheit, von Gott geliebt zu sein.

Rückmeldung

Wer immer nur Kritik übt ...

Können wir Kritik vertragen? Aufbauende Kritik, die Person und Sache unterscheidet, hilft bei der Verwirklichung konkreter Ziele. Jeder Mensch braucht eine „korrigierende Rückmeldung", da keiner sein Leben im Alleingang verwirklichen kann und niemand ohne Fehler und Schwächen ist. Ein verständnisvolles Gegenüber zu haben ist auch besser als Ärger, der sich aufstaut und dem eines Tages unsachliche, verallgemeinernde und persönliche Kritik folgt.

Zerstörende Kritik, die das Haar in der Suppe sucht und es dann auch findet, verdirbt nicht nur den Appetit, sondern auch die Freude am Zubereiten neuer (Lebens-)Speisen und hemmt deshalb den notwendigen Fortschritt. Notorische Kritiker, die alles besser wissen, übersehen, daß selbst ihnen dann noch etwas schmecken und sie stärken kann, wenn es nicht perfekt ist.

Glaubwürdige Kritik beginnt in der Regel mit der Selbstkritik. Andere zu kritisieren ist immer einfacher als selbstkritisch zu sein, aber es ist deshalb nicht immer richtiger. Niemand läßt sich gern kritisieren, auch die lautstarken oder heimlichen Kritiker nicht.

Zur Mündigkeit gehört nicht nur die Kritik- und Unterscheidungsfähigkeit, sondern auch das Anerkennen- und Lobenkönnen, das Bejahen, Unterstützen und Fördern.

Wer nur kritisiert, zerstört die Liebe. Wer in Liebe kritisiert, macht die Kritik menschlich. Wer lieben und kritisieren kann, verträgt Kritik, der kann auch den Kritisierten verteidigen, nichts unter den Teppich kehren, aber alles zum Besten wenden.

Nächstenliebe

Allgemeines Schlagwort: „Solidarität“

Ein Wort gerät als Schlagwort immer mehr ins Zwielicht. Der inflationäre Gebrauch schwächt seine Glaubwürdigkeit. Immer mehr Menschen führen es im Munde, immer weniger scheinen „Solidarität“ zu praktizieren.

Ist sie in einer Wohlstands- und Anspruchsgesellschaft zu einem Deckmantel für Eigen- und Gruppenliebe verkommen? Wird sie zum (Selbst-)Täuschungsmanöver, wenn sie einerseits lauthals gefordert, andererseits nur ungern geübt wird? Setzt sie Andersdenkende nach dem Motto „Willst du nicht mein Bruder sein, so ...“ unter moralischen Druck, verschafft ihnen ein schlechtes Gewissen und bringt sie zum Verstummen? Kann sie als eine Art Zauber- und Beschwörungsformel Probleme, Konflikte und Interessengegensätze bewältigen?

Bei allem möglichen Mißbrauch und Mißverständnis bleibt der recht Gebrauch „solidarischen Verhaltens“ sinnvoll und notwendig. Als Gegenteil von ungebändigtem Egoismus und aggressivem Einzelkämpfertum bedeutet Solidarität, (Mit-)Verantwortung zu übernehmen, Hilfe zur Selbsthilfe anzubieten und Rücksicht zu nehmen. Die besten Voraussetzungen dafür sind, die (Not-)Situation des anderen realistisch einzuschätzen und freiwillig und „mit dem Herzen“ die fremden Bedürfnisse zum eigenen Programm zu machen.

Wer sich ganz öffnet, wird an der Not anderer nicht nur passiv anteilnehmen, sondern hieraus auch Schlußfolgerungen ziehen. Vor allem wird er Solidarität als ein Füreinander-Einstehen begreifen und erfahren lernen. Sind wir letztlich nicht alle voneinander abhängig und wird nicht jeder einzelne auch für die Gesamtheit gebraucht?! Diese Abhängigkeit mit gegenseitigen Pflichten und wechselseitigen Verpflichtungen öffnet gemeinsames Handeln.

Eine neue Solidarität wird geboren, wenn die stets konkrete Nächstenliebe den Fernsten nicht vergißt. In der menschlichen Finsternis und Kälte weist sie als soziales Licht den Weg in eine gemeinsame Zukunft.

Freizeitgestaltung

Im Zweifel lieber einmal ausschalten

Ein Knopfdruck genügt, um auszuschalten. Aber schließlich muß man ja wissen, was in der Welt passiert ist. „Ruhig“, zischt die Frau ihre Gäste an und blickt gespannt auf den Nachrichtensprecher. Wer wagt da noch zu widersprechen?

Ein Knopfdruck genügt, um abzuschalten. Aber viele bleiben unbeweglich vor dem Fernseher sitzen, auch wenn die Sendung oberflächlich und langweilig ist. Könnte ihre (Lebens-)Zeit nicht sinnvoller ausgefüllt werden? Nicht wenige mündige Zuschauer sind als Dauerschauer süchtig geworden, ohne daß ihnen dieses bewußt ist. Ohne eine bestimmte Dosis Fernsehkonsum kommen sie nicht richtig in Gang. Der Flimmerkasten bestimmt ihren Tages- und Lebensrhytmus. Diese Droge ist zum Mittelpunkt und zugleich zum Fluchtpunkt geworden. Mitmenschliche Beziehungen werden dadurch oftmals zerstört oder kaputte Beziehungen mit Hilfe des ständig laufenden Kastens überspielt, Höflichkeit und Gastfreundschaft einfach geopfert.

Der Fernseher ist kein Glücksbringer und auch kein geeigneter Kindermädchen-Ersatz. Dennoch sollte man ihn nicht einfach verteufeln. Ein Knopfdruck genügt, um bewußt und überlegt einzuschalten. Wer als Zuschauer zum Durchblicker geworden ist, kann fernsehen, sich auf diese Weise informieren, bilden, anregen und unterhalten lassen, ohne sich dessen zu schämen.

Wer durchschaut, hat die persönliche Freiheit, ein- und auszuschalten. Aber im Zweifel wird er lieber ausschalten und ein ungestörtes Gespräch vorziehen. Ein Knopfdruck genügt, um Bedürfnisse nach echter Menschlichkeit erfüllen zu können.

Geld

Wer nur Geld hat, der ist arm

Manche verehren es, andere verachten es. Das Geld, von dem die Rede ist, kommt ständig neu ins Gerede.

Seine Verehrer halten es für das Wichtigste im Leben. Deshalb lautet auch ihr Motto: „Haste was, biste was". Und „Geld regiert die Welt". Je mehr sie vom „Mammon" haben, desto durstiger und abhängiger werden sie davon. Beim Tanz um das „Goldene Kalb" opfern nicht wenig ihre Gesundheit, Menschlichkeit, Ehrlichkeit, Rücksichtnahme und den Gerechtigkeitssinn. Auch Geiz oder Verschwendung, Bestechlichkeit, Veruntreuung und Selbstsucht können die Folge sein.

Manche Verachter des Geldes können es sich leisten, auf die Geldanbeter herabzublicken oder über „Geld" nicht zu sprechen. Andere sehnen sich insgeheim danach, „in Saus und Braus" leben zu können und (ver-)trösten sich damit, lieber gesund zu sein, als „viel Geld" zu haben. Wer das Geld einfach verächtlich macht, sollte sich vor allem jedoch bewußt machen, wie schwer es Menschen haben, ohne ausreichende Geldmittel zu existieren.

Neben dem Weg der Geldhörigkeit und dem der Geldfeindschaft gibt es den Weg der persönlichen Freiheit beim Umgang mit dem Geld. Menschen können schöpferische und produktive Subjekte des Geldes sein, indem sie Maß und Mitte jeweils neu finden. Das Geld dient ihnen, Gutes und vor allem das jeweils Richtige zu tun. Sie wissen, daß Geld nicht alles, ohne Geld jedoch alles schwieriger ist. Sie leben in der Gewißheit, daß im Zweifel die Gesundheit wichtiger ist als Geld, die Liebe jedoch das Allerwichtigste.

Wer nur Geld hat, der ist arm. Wer Liebe hat, der ist reich und kann mit dem letztlich von Gott anvertrauten Geld verantwortungsvoll umgehen. Der ist frei zur Kultur des Geistes und des sozialen Lebens.

Werte

Über den Gartenzaun hinaus

Ein Kompaß ist für viele eine Hilfe, die außer Kurs geraten sind. Wüst und leer kann es in einem Menschen sein, der seinen eigenen Standort verloren hat. Viele sind ratlos und orientierungslos angesichts des allgemeines Werteverfalls um sie herum. Immer mehr verwüsten ehemals verbindliche Grundwerte unserer Gesellschaft. Immer weniger Mitmenschen schauen über den Gartenzaun ihrer selbstgebastelten Lebensmoral hinaus. Geist, Denken und Gefühle geraten durcheinander, wenn das Palaver unverbindlich wird und Andersdenkende einfach an den Pranger gestellt werden.

Wer denkfaul und gleichgültig bleibt, sich in bequemen Betten eigener Lebensmodelle ausruht oder Scheuklappen fanatischer Weltanschauungen trägt, geht auf Dauer in der Wüste des unterkühlten oder überhitzten Lebens zugrunde. Ethische Orientierungsverwirrung kann durch Gesetze, Programme und Appelle allein nicht überwunden werden. Der einzelne Mensch als wollende und erkennende Person ist herausgefordert. Gerade in der Vielfalt der Lebensbilder braucht er die Entdeckung des Leitbildes, das die Gesellschaft insgesamt bejaht, verteidigt und immer wieder neu anstrebt. Ohne die Einheit im Blick auf die Grundwerte gibt es keine Offenheit im Blick auf die Entwicklung der Gesellschaft.

Der Kompaß des Glaubens an die persönliche Verantwortung des Menschen vor Gott als die für alle unbedingt geltende Autorität ist die Grundlage der Freiheit aller. Die menschliche Vernunft ist eine fragwürdige Alternative, da es auch eine lieblose Vernunft gibt. Der Kompaß der Gottesgewißheit ist nicht selbst der Weg; aber er gibt die Richtung an. Wenn einer dann zum Beispiel beginnt, den wüstenhaften Weg mit einem anderen Menschen zu teilen, wächst mitten oder am Rande der Wüste eine neue (Lebens-)Landschaft.

Lust

„Nur ich denke an mich ...“

Wer faßt sich schon gerne an die eigene Nase? Lieber wird mit dem Finger auf andere gezeigt. Immer häufiger hört man deshalb das paradoxe Jammern: „Jeder denkt an sich, nur ich denke an mich.“

Jeder ist zumindest anfällig dafür, zunächst gern und selbstbewußt von seinen Rechten und der Fürsorgepflicht des andere zu sprechen und erst in zweiter Linie – wenn überhaupt – von seinen Pflichten und seiner Treuepflicht . Aber gehört nicht beides zusammen, um den Wohlstand und die soziale Sicherheit auf Dauer gewährleisten zu können?!

Jeder möchte auch einmal sein Leben so richtig genießen, Spannung und Abwechslung erleben. Aber leider sind immer weniger Menschen darüber hinaus bereit, Mühe und Anstrengungen auf sich zu nehmen. Persönliche Leistungs- und Verantwortungsbereitschaft scheinen nicht selten vom „Lustprinzip“ verdrängt zu werden: „Solange ich Lust verspüre, engagiere ich mich und arbeite.“ Aber kann die Lust nicht auch zur Last werden? Kann während einer Anstrengung nicht „Lustempfinden“ entstehen? Vor allem: Hat nicht die Last der Verantwortung eine wichtige Verheißung, nämlich tiefe Erfüllung und Sinn in der Aufgabe selbst zu erlangen?

Wer nur liebt, solange er das Bedürfnis spürt zu lieben, hat noch gar nicht angefangen zu lieben. Wer nur richtig arbeitet, musiziert und spielt, eine Veranstaltung besucht, wenn er dazu das Bedürfnis verspürt, verbaut sich wichtige Wege zu neuen Erfahrungen und Kenntnissen. Wer demgegenüber zunächst versucht, eine persönliche Entscheidungsfähigkeit zu erlangen, denkt nicht nur an seine Selbstverantwortung, sondern auch an seine Mitverantwortung für seinen Nächsten.

Ehrlichkeit

Das Lügen lohnt sich einfach nicht

„Die lügen doch, was das Zeug hält!“ schimpfte eine Frau auf die Politiker. Hat sie (Un-)Recht? Nehmen es Politiker mit der Wahrheit nicht so genau? Ist Lügen eine Art politische Berufskrankheit geworden? Wer genau hinsieht, schert weder alle Politiker über einen Kamm noch kehrt er alles unter den Teppich. Er entdeckt, daß in allen Bereichen des Lebens versucht wird, sich selbst oder andere absichtlich zu täuschen.

Manche Mitmenschen haben Angst, ihr Gesicht oder ihre Pfründe zu verlieren. Andere setzen die Lüge als Mittel zum Erfolg ein, weil sie sonst keine Möglichkeit sehen, anerkannt zu werden. Ausflüchte, die Suche nach einem Sündenbock, Selbstgefälligkeit und selbstgerechtes Schweigen sind keine Vorrechte der Politiker. Auch Moralisten und Weltverbesserer verstoßen gegen Grundsätze, die auf Ehrlichkeit und Wahrheit gegründet sind. Die Lebenslüge, den Sinn seines Daseins selbst herstellen zu können, findet sich überall. Nicht selten wird sogar versucht, aus der Lüge eine erstrebenswerte Leistung zu machen. Wenn der „richtige“ Sachverständige gefragt wird, kann aus dem Lügner das Opfer und dem Belogenen der Täter werden. Häufig ist die Lüge schlimmer als das, was verheimlicht, verschleiert, verdreht, verschönert wird. Kostbares Vertrauen wird zerstört.

Zu Recht erwarten jedoch die Bürger von den Politikern, die in der Öffentlichkeit Verantwortung wahrnehmen, Wahrhaftigkeit und Aufrichtigkeit, ohne gleich Wahrheitsfanatiker oder Tugendwächter zu werden. Wer Zivilcourage, Einsicht und Reue zeigt, verliert nicht an Aussehen, sondern gewinnt langfristig neues Vertrauen.

Wenn viele Bürger vor der eigenen Türe kehren, wo sich viele kleine Alltagslügen befinden, haben große Lügen auf Dauer keine Überlebenschance. Wer zu sich selbst gefunden hat, hat es nicht nötig zu lügen. Wer zu dem Gott gefunden hat, der die Lüge verneint und im Blick auf den Menschen gnädig bleibt, kann um Verzeihung bitten und zum Guten beitragen.

Feiern

Altes loslassen, über Neues nachdenken

Ein Fest unterbricht für ein paar Stunden den Alltag. Viele freuen sich darauf, weil sie abgelenkt werden und sich vom Alltagsstreß erholen können. Manchmal ist es sogar möglich, den Augenblick richtig zu genießen und neue Erfahrungen zu sammeln.

Wer ungern mitfeiert, muß kein „Festmuffel" sein. Manche können die vielen Menschen, den Lärm und den Trubel einfach nicht vertragen, was alle übrigen verstehen und anerkennen sollten.

Auch gibt es Auswüchse, ein „Über-die-Stränge-Schlagen" und Feste, die als Flucht vor Alltagsproblemen mißverstanden oder mißbraucht werden. Als besondere Besinnungspause unterbricht jedoch ein gelungenes Fest das Alltags- und Berufsleben. Der Feiernde kann eine äußere und innere Distanz zum „alten Trott" gewinnen. Damit wird ihm die Möglichkeit eröffnet, Altes loszulassen, über Neues nachzudenken, sich also neu zu orientieren und neue Kräfte zu sammeln. Solche Pausen sind notwendig und menschlich. Andere Lebewesen auf dieser Erde können nicht feiern.

Ein Fest kann darüber hinaus als Höhepunkt des Alltags dem Gipfel eines Berges gleichen, von dem aus der einzelne, aber auch eine Gemeinschaft einen besseren Überblick hat. In Rück- und Vorblicken steht die Zeit einen Augenblick still, und eine neue Zukunft bricht an.

Als Stärkung und Erneuerung der Gemeinschaft ist ein gelungenes Fest mehr als nur ein fröhliches Beisammensein. Ältere Teilnehmer zum Beispiel verkörpern nicht nur Geschichte, sondern machen sie auch lebendig, indem sie wichtige Werte an Jüngere weitergeben.

Wer – vielleicht unerwarteterweise – einen Gottesdienst als Fest erlebt, erinnert sich dankbar an seinen Ursprung, an die Mitte und an das Ziel seines Lebens. Für diese Menschen kann sogar das Leben selbst zu einem Fest werden.

Gewalt

Befreiung zum friedlichen Miteinander

Stößt die „Goldene Regel“ auf taube Ohren, oder kann sie Köpfe und Herzen verändern? Bleiben nur Zorn, Ohnmachtsgefühle und Sprachlosigkeit angesichts der Welle von Mord, Totschlag und Mißhandlungen? Wenn die menschenverachtende Macht des Vandalismus, des Rowdytums und des Terrors nicht die Übermacht erhalten soll, sind strenge Regeln und Gesetze notwendig, die konsequent angewandt werden müssen.

Einem Rückfall in die nackte Barbarei begegnet man nicht mit tatenlosen Worten, sondern nur mit persönlichem und sozialem Stehvermögen, richterlicher Standfestigkeit und auch polizeilicher Durchsetzungskraft. Hinzu kommen müssen Hilfen für die Opfer, ausreichende Aufklärungen und öffentliches Bewußtsein statt ideologische Verklärungen oder ein falsches Verständnis für die Gewalttäter.

Auf Dauer wird unsere Gesellschaft den geistigen und sozialen Nährboden der Gewalt jedoch nur austrocknen können, wenn jeder Bürger wenigstens die „Goldene Regel“ des menschlichen Miteinanders verinnerlicht und schließlich auch (vor-)lebt. Wenn ich möchte, daß der andere – etwa der Politiker oder die Polizei – sich insbesondere in einer Krisensituation für die freiheitlich-demokratische Grundordnung einsetzt, kann ich selbst nicht „in guten Zeiten“ den demokratischen Rechtsstaat und dessen Vertreter mit Hohn, Spott und Ironie überziehen.

Wenn andere sich für mich einsetzen sollen, wenn ich in Not gerate, dann kann ich mich nicht aus der persönlichen Verantwortung wegstehlen und wegsehen, wenn Unrecht geschieht und das Faustrecht triumphiert. Jesu Forderung „Alles nun, was ihr wollt, das euch die Leute tun sollen, das tut ihnen auch!“ befähigt zum Nicht-Mitmachen und zum Widerspruch, wenn Menschen verächtlich gemacht werden. Sie befreit zum friedlichen Miteinander und zur argumentativen Auseinandersetzung.

Es reicht beileibe nicht aus, dem Nächsten nicht zu schaden. Er braucht genau die Liebe und die Hilfe, die ich mir selbst vom anderen wünsche.

Einsatzbereitschaft

Eine Prise reicht schon aus

Eine Prise Salz kann eine Speise schmackhaft machen. Menschen, die sich für Mildtätigkeiten und Gemeinnützigkeit einsetzen, nehmen Einfluß auf die Entwicklung der Menükarten unserer Gesellschaft. Engagierte Mitbürger, Gönner oder Geldgeber haben es jedoch nicht immer leicht und werden oft mißverstanden.

Manche belächeln sie als „träumerische Idealisten"; andere verdächtigen sie als „heimliche Egoisten". Ideologen, die für Gleichmacherei sind, und Spießbürger, die vom Neid beherrscht werden, versuchen, Förderer des Gemeinwohls zu bremsen. Aber ohne spendable, ideenreiche, verantwortungsbewußte und einsatzfreudige Mitmenschen könnten viele wichtige Dinge des gesellschaftlichen Lebens nur auf Sparflamme kochen.

Eine Gesellschaft lebt davon, daß jedes ihrer Mitglieder bereit ist, auch etwas für die Gemeinschaft zu tun. Wer immer nur nimmt und nicht auch gibt, verzehrt auf lange Sicht das, wovon er letztlich lebt. Wer immer nur fragt, was tut der Staat für mich, und nicht auch fragt, was kann ich für die Nachbarschaft, den Heimatort, die nähere Umgebung, für meinen Nächsten und die Allgemeinheit tun, versalzt die eigene Lebensspeise.

Private Initiativen und persönlicher Einsatz sind das notwendige Salz unserer menschliche Gemeinschaft. Sie können ergänzend, eigenständig gestaltend und korrigierend helfen, Lebensqualität zu schaffen.

Christen fördern ein Klima zur guten Tat, weil ihnen selbst Gutes widerfahren ist. Der christliche Glaube kann dem weltanschaulich neutralen Staat einen besonderen menschlichen und sozialen Geschmack geben. Die Kraft der Liebe und das persönliche Verantwortungsbewußtsein vor Gott können die eisige Atmosphäre des Neides und des Hasses sowie das frostige Schweigen der Gleichgültigkeit überwinden. Da gibt es keine einfachen Rezepte.

Aber eine Prise dieser Liebe reicht für schöpferische Neuanfänge aus.

Takt

Die Tugend der Taktvollen

Takt- und Fingerspitzengefühl vermitteln menschliche Wärme, Takt- und Rücksichtslosigkeit verletzen und kränken die Seele des Menschen.

Selbstsüchtig und aggressiv werden Radio, Schallplattenspieler oder Fernseher so laut gestellt, daß sich Nachbarn oder Mitbewohner in ihrer Nachtruhe massiv gestört und belästigt fühlen. Unbekümmert und unnötigerweise werden Türen zugeschlagen und heulen Automotoren auf, obwohl kranke und pflegebedürftige Mitmenschen in der Nähe ihre Ruhe brauchen. Gedankenlos und forsch – ohne vorher anzuklopfen und eine Erlaubnis abzuwarten – platzen die Krankenschwester und der Arzt ins Zimmer des Patienten, der im Krankenhaus seine Privatsphäre häufig mißachtet sieht.

Da wird in geselliger Runde gefachsimpelt, obwohl für einige Teilnehmer das Thema vollkommen fremd, für andere sogar unangenehm ist. Jemand wird zur Freude vieler durch den Kakao gezogen und kann oder will sich nicht wehren. Enttäuscht verläßt ein Mann den Empfang, weil man ihn bewußt geschnitten hat. Ein Geschäftsmann will von seiner Verwandtschaft nichts mehr wissen. Sie kaufe ohne Grund stets bei der Konkurrenz ein.

Aber auch religiöse Taktlosigkeit breitet sich immer mehr aus. Während des Leichenzuges auf dem Friedhof wird bei der Grabpflege nicht innegehalten. Während des Gottesdienstes fahren Christen zum Friedhof, um ein Grab zu schmücken. Kirchliche Mitarbeiter waschen ihr Auto oder joggen während der Gottesdienstzeit. Jemand lästert über den Jugendlichen, der zum Gottesdienst geht.

Sind solche Menschen gefühl- und gedankenlos, vielleicht auch bildungslos? Keiner reagiert immer richtig. Aber diese Kunst ist lernbar, andere Menschen mit ihren anderen Gefühlen und Überzeugungen zu beachten und zu achten. Man muß dabei nicht empfindlich werden, sondern nur empfindsam. Dieser stets neue Versuch, sich in einen Menschen einfühlsam hineinzuversetzen und Rücksicht zu nehmen, ist eine Sache der Herzensbildung. Die Untugend der Taktlosen ist uneinsichtige Lieblosigkeit, die Tugend der Taktvollen das lernbereite Fingerspitzengefühl.

Teilen

Geteiltes kommt vielfach zurück

Großes geschieht häufig im Kleinen. Daran erinnert auch der 11. November, der Todestag des Heiligen Martin. Als er im 4. Jahrhundert seinen Mantel mit einem halberfrorenen Bettler teilte, hat er spontan das Richtige getan. Dieser Ritter aus Westfrankreich, der später Bischof von Tours wurde, ist durch sein persönliches Zeichen der Nächstenliebe eine aktuelle Herausforderung geblieben.

Es gibt auch in unserer Zeit viele „Bettler“, Menschen, die sich in materieller, aber auch in sozialer, seelischer, geistiger und religiöser Not befinden. Unseriöse „Raubritter“, die nur an ihren Geldbeutel und an ihren Vorteil denken, nutzen sie aus. Andere „Mantelbesitzer“ gehen gleichgültig oder ängstlich an diesen Mitmenschen vorüber. Manche schenken auch kärglich oder geben nur Almosen. Andere haben ihre Hilfsbereitschaft an Hilfsorganisationen delegiert und bieten keine persönliche Nähe an, weil sie sich überfordert fühlen.

Nicht selten fordern die „Vorreiter“ gesellschaftlicher Gruppen zu teilen, denken jedoch selbst nicht an Verzicht oder an persönliche Opfer. Manchem, der hoch zu Roß und fest im Sattel eines Amtes sitzt, fällt es leicht, einem anderen oder sich selbst etwas zu geben, das ihm persönlich nicht gehört, jedoch zuvor von der Allgemeinheit genommen worden ist. Viele Eigentümer materieller, aber auch sozialer und geistiger Reichtümer sind bereit, freiwillig und aus Einsicht zu helfen. Sie sind Ritter im Gewand eines zunächst selbst Beschenkten, weil sie wissen, daß auch ihr „Mantel“ und ihre Lebenszeit letztlich Geschenke sind. Sie helfen „Bettlern“ aufzustehen, um eigenverantwortlich zu leben und „Ritter“ zu werden.

Keiner von ihnen will die Armut pflegen, sondern die Abhängigkeit soll überwunden werden. Damit die menschlichen und materiellen Quellen nicht versiegen, aus denen das Helfende geschöpft wird, sind sie nicht nur zum Teilen bereit, sondern auch zum Austausch und Aktivieren der schöpferischen Kräfte. So kehrt das Geteilte vielfältig zurück, und Kleines kann Großes vermehren.

Unterstellung

Wer andern eine Grube gräbt ...

Wer anderen in einer Diskussion eine Grube gräbt, kann selbst schnell hineinfallen. „Bodenlose Unterstellungen" machen den Boden unter den eigenen Füßen gefährlich locker. „Grubengräber" sollten deshalb maßvoll und vorsichtig schaufeln. Oder – noch besser: auf Unterstellungen ganz verzichten.

In einer Gesprächsrunde sprach sich jemand klar und unmißverständlich gegen den Mißbrauch eines wichtigen Rechtes aus. Prompt wurde ihm unterstellt, er sei gegen dieses Recht. Diese bewußte Fehldeutung sollte ihm offensichtlich schaden, ihn als „unmöglichen Menschen" bloßstellen und als „unmöglichen Staatsbürger" abstempeln. Aber läßt sich der Beobachter eines solchen Schauspiels immer an der Nase herumführen?

Vor allem die Heuchler auf der politischen Bühne versuchen, ihrem Gegenspieler ein schlechtes Erscheinungsbild zu verpassen. Da fordert zum Beispiel ein „Scheinheiliger" in geheuchelter Entrüstung Toleranz und Offenheit; er selbst jedoch ist fanatisch und verbohrt. Solange der andere seine Parolen, Schlagworte und eine (angebliche?) „Betroffenheit" nicht übernimmt, unterstellt er ihm „Böses".

Manche „Tolerante" rühmen sich auch nur der Duldsamkeit; in Wirklichkeit aber haben sie Angst, ihre Überzeugung zu sagen oder sich der Intoleranz im Gewand der Toleranz zu widersetzen.

Neue Gräben werden ausgehoben, wenn Überheblichkeit und Bosheit sich mit dem Schein der Herzensgüte mischen. Neue Brücken entstehen, wenn auf Unterstellungen verzichtet wird. Gräben werden zugeschüttet, indem Konflikte menschlich und vernünftig ausgetragen werden. Ohne Gräben ist es für alle leichter, sich vorurteilsfrei zu begegnen und gemeinsame (Sach-)Lösungen zu finden. Alle gewinnen dann neuen Boden unter den Füßen.

Dankbarkeit

Der Dankbare hat mehr vom Leben

Gehören dankbare Menschen zu den Sonderlingen unserer Zeit? Oder sind gegenwärtig nur „kühle Köpfe“ gefragt, die gut (auf-)rechnen können? Ist die von vielen heimlich belächelte Dankbarkeit „out“, sind Forderungen, Kritisieren, Schimpfen und Jammern „in“?

Dankbare Menschen denken jedenfalls weiter als undankbare Menschen. Keiner lebt allein von seiner Arbeit oder seinem Erfolg. Auf das wirklich Wichtige und Entscheidende im Leben hat keiner einen Anspruch. Die persönliche Erfahrung echter Liebe, ein Vertrauensverhältnis oder die Gesundheit können von niemandem erzwungen oder einfach hergestellt werden. Solche Lebensgeschenke sind eben nicht selbstverständlich.

Dankbare Menschen strahlen aus, weil sie zufriedener und glücklicher sind. Sie ziehen sich nicht ins geistige Schneckenhaus zurück oder leben auf Kosten anderer, sondern bejahen das Leben. Indem sie ihren Egoismus, das Jammern und die Gleichgültigkeit überwinden, betreten sie neue Räume des Denkens, Fühlens und Handelns. Die Lebensgeschenke sind zu Aufgaben im Alltag geworden.

Dankbare Menschen können verantwortungsbewußter leben. Wer alles und sich selbst bewußt und dankbar empfängt, klopft sich nicht selbst auf die Schulter, sondern hilft anderen auf die Beine. Dessen Seele ist befreit vom Haß, Neid und von der Gier und der Überheblichkeit. Der kann tief durchatmen, neue Liebe einatmen und weitergeben. Der wird befähigt, nicht nur Menschen gegenüber dankbar zu sein, sondern auch den Ursprung und Wohltäter alles Seins.

Wer dankt, kommt ins Nachdenken. Und wer weit genug denkt, lobt und preist den Liebhaber des Lebens, der auch in der Not niemanden im Stich läßt. Dieser Dank gilt dem Evangelium von Jesus Christus.

Zuhören

Hineinhören – eine spannende Sache

Das aufmerksame Auge ist ständig auf Entdeckungsreise. Doch wie steht es mit dem Ohr des Menschen? „Er hört mir gar nicht richtig zu", klagt jemand. Wer allerdings ein „engagiertes Ohr" sucht, sollte zunächst selbst „ganz Ohr" sein.

Zum Beispiel derjenige, der sich selbst gerne reden hört. Wer alles besser weiß oder kann, braucht sich nicht zu wundern, wenn sein Gegenüber ihn nur höflich erträgt, anstatt sich auf ihn zu konzentrieren, mitzudenken und persönlich Anteil zu nehmen. Solche „Redner" werden gemieden; selten wird mit ihnen gesprochen, häufig über sie oder gegen sie.

Steife und humorlose Redner schaffen nicht selten unruhige und zappelige Zuhörer. Besonders bei einer (Über-)Fülle solcher Redebeiträge sinken ihr Wert und die Aufmerksamkeit. Kein Wunder, wenn heimlich auf die Uhr geschaut und gedacht wird: „Wann ist endlich Schluß?!" Kommt so recht nichts aus dem Herzen des Redners, gelangt auch nur wenig ins Ohr hinein.

Redner, die hauptsächlich Sprüche klopfen und schimpfen, bewegen vielleicht ihre Gesinnungsgenossen, aber die übrigen Zeitgenossen wenden sich ab. Sie können dauernd auf der „Mattscheibe" erscheinen, aber immer mehr Beobachter fragen sich: „Glauben die denn wirklich das, was sie behaupten?!" Und kaum einer hört ihnen mehr zu.

Doch nicht nur glaubwürdiges Reden will gelernt sein, sondern auch das aktive Zuhören. Es wird erleichtert, wenn es eine Freude ist zuzuhören. Das Ohr ist mehr als ein Hilfsmittel für das Auge. Es ermöglicht vor allem eine wichtige Expedition in das unbekannte Innere eines Menschen. Dieses Hineinhören kann spannender sein als das äußere Sehen und Reden.

Haß

Ablassen von Gehässigkeit

Am besten gedeiht sie in der Hitze der Konflikte und Spannungen. Aber auch in eisiger Kälte treibt sie ihr Unwesen. Da sie tief wurzelt, kann sie sich immer wieder und schnell vermehren. Manchmal ist sie sogar in den Köpfen und Herzen derer zu finden, die ihre Vernichtung fordern.

Diese Sumpfblüte gibt es nicht nur als menschenverachtenden Fremdenhaß, der aus unschuldigen und unbekannten Menschen „Sündenböcke“ macht und zur Gewalt verführt. Auch zwischen Geschwistern und „Freunden“ vergiftet der Haß das mitmenschliche und allgemeine Klima. Ein gehässiger und neidischer Schlaumeier, der über einen anderen Mitmenschen gehässig herzieht und ihn herabsetzt, kann unter Umständen sogar mit dem Beifall seiner Umwelt rechnen.

Wer haßt, leidet nicht selten unter seiner Unzufriedenheit, seinen Minderwertigkeits- und Angstgefühlen sowie einer inneren Leere. Der Gehässige ist in der Regel denkfaul, auch wenn er den Klugen spielt, hat Berührungsängste und Feindbilder als Folge von Vorurteilen. Wer Haß säht, erntet auf Dauer Unfrieden und verfängt sich schnell im Gestrüpp der Bewegungslosigkeit im Denken und Handeln.

Der Sumpf des Hasses kann jedoch trockengelegt werden, wenn immer mehr Menschen jeder Gewalt eine klare Ansage erteilen, Gesetze und demokratische Spielregeln zur Konfliktbewältigung einhalten und wenn Gesetzesmißbrauch konsequent geahndet wird. Haßblüten fangen auch dann an zu welken, wenn Liebe im Sinne Jesu gesät wird. Die Frucht dieser Liebe ist die Kraft, deutlich und mit allen demokratischen Mitteln dem Haß zu widerstehen und gleichzeitig dem Gehässigen zu helfen, vom Haß abzulassen.

Wer sich nicht am eigenen Schopfe aus dem Sumpf befreien kann, sollte diese Hilfe nutzen, damit neue Mitmenschlichkeit und Verantwortung wachsen und blühen können.

Geisteskraft

Der Mensch lebt nicht vom Brot allein

Ein „satter Bauch" ist frei, sich mit Fragen des Kopfes und des Herzens auseinanderzusetzen. Ein „leerer Bauch" hat da ganz andere Probleme: „Wo finde ich Nahrung, Kleidung, Arbeit und ein Dach über dem Kopf?" Die Folgen eines zu „vollen Bauches" sind nicht selten Faulheit im Blick auf das kritische Denken und Gleichgültigkeit dem Nächsten gegenüber.

„Was hab ich davon? Und was krieg' ich dafür?" sind die Fragen des Menschen, der eine Kosten-Nutzen-Analyse zum Maßstab seines Handelns gemacht hat. Nur das Nötigste ordentlich leisten, aber kein großes Engagement zeigen. Die Gegenwart in vollen Zügen genießen, aber nicht an Vorfahren und Enkelkinder denken. Nach dem eigenen Glück streben, aber nur nicht den Blick auf andere lenken.

Wenn alle so dächten, wäre es mit dem Wohlstand und seinen Segnungen bald vorbei. Wer jedoch so oder ähnlich denkt, kann sich auch ändern, wenn er es nur will. Er investiert dann in seine eigene Zukunft auf neue Art und Weise, die sich lohnt.

Eine Frau rechnete nur zu ihren Gunsten. Eines Tages wurde sie krank. Sie lernte, zu Gott zu beten, wurde gelassener und offener. Sie betet plötzlich auch für die, „denen es noch schlechter geht als mir." Anfangs erschien ihr das Gebet überflüssig. Jetzt ist es ihr wichtig. Sie hat sich selbst und ihre Mitmenschen neu entdeckt.

Sind nicht viele Dinge wie zum Beispiel Höflichkeit und Rücksichtsnahme wie „Luxus" und sie gehören doch zur Grundnahrung des Lebens. Der Mensch lebt zwar nicht allein von der Gesinnung, von Worten. Aber auch nicht allein von materiellen Dingen, vom Nutzen. Ein „satter Bauch" hat allerdings eher die Chance, seinen seelischen und mitmenschlichen Haushalt wieder in Ordnung zu bringen.

Schule

Schule trägt zur Versöhnung bei

Der kleine ABC-Schütze, der in diesem Jahr in die Schule kommt, war ganz stolz auf seinen neuen Ranzen. Und doch verspürte man einen Hauch von Trauer. Hatten die Eltern nicht darauf hingewiesen, daß mit der Schule der „Ernst des Lebens" beginne? Und was wollten die Eltern damit sagen, wenn sie der älteren Schwester ins Gewissen redeten, da sie für das Leben und nicht für den Lehrer lerne?

Nicht wenige Eltern haben „gemischte Gefühle" im Blick auf das Thema Schule. Zwar freuen sie sich auf den Schulbeginn und darauf, daß ihr Kind immer „größer" und selbständiger wird. Sie haben gehört, daß das Lesen-, Rechnen- und Schreibenlernen für ihr Kind nicht unbedingt langweilig sein muß. Ihnen ist klar, daß Wissensvermehrung und geschulte Fertigkeiten das Leben erhellen, vertiefen und erneuern helfen.

Aber andererseits machen sie sich auch Sorgen. Wird mein Kind die große Umstellung schaffen, sich einordnen und konzentrieren können? Welcher neue Einfluß geht von den Lehrern und Mitschülern aus? Was wird mein Kind „leisten"?!

Für alle an der Schule Beteiligten erscheint es wichtig, diese Fragen ernstzunehmen und stets hör-, gesprächs- und lernbereit zu sein.

Die Schule muß weder eine Schmuseecke sein, in der sich alle einfach nur lieb haben. Aber sie ist auch ein Nest der Geborgenheit, Hilfsbereitschaft und Kameradschaft. Noch muß die Schule eine Lernfabrik sein, in der Schüler zur Leistung „geprügelt" werden. Aber sie ist auch eine Wiege der Bildung, in der Talente gefördert werden. Der Gegensatz von Lebensschule und Lernschule kann im Schulalltag überwunden werden. Eine Schule, die zudem zur Versöhnung beiträgt, wird zwar die Gesellschaft nicht reparieren können, aber sie nimmt eine wichtige Mitverantwortung für die Zukunft dieser Gesellschaft wahr. Das ist ein wichtiger Beitrag auch für das Leben eines ABC-Schützen.

Sport

Die eine und die andere Brücke

„Wann waren Sie denn das letzte Mal in einem Stadion?“ hielt der Fan dem „Sportmuffel“ vor. Im Feuer des Wortgefechtes ging der Angegriffene in die Offensive: Der Sport habe schon lange seine Unschuld verloren. „Böse Fouls“, Doping-Skandale und anderes entlarvten ein Erfolgsstreben um jeden Preis. Erfolglose Sportler, die fallengelassen würden, offenbarten eine unmenschliche Haltung- der Öffentlichkeit, des breiten Publikums.

Zwischen den beiden Kontrahenten tat sich ein tiefer (Verständnis-)Graben auf. „Menschliche Fouls“, Übertreibungen und Verallgemeinerungen gab es auf beiden Seiten. Dennoch können Brücken gebaut werden, die für beide begehbar sind und zum besseren Verständnis füreinander, vielleicht sogar zu neuen Einstellungen führen.

Ist der Volkssport für viele nicht eine Freizeitbeschäftigung? Viele wollen sich einfach „fithalten“ und suchen einen Ausgleich für ihre Alltagsbelastungen. Gleichzeitig kann ihr Selbstbewußtsein gesteigert werden, und eine gute Gemeinschaft trägt zum persönlichen Wohlbefinden mit bei.

Ist der Leistungssport für viele Stadionbesucher nicht eine Unterhaltungsangelegenheit? Alle wissen, daß beim „Niedersäbeln“, bei gewaltsamen Ausschreitungen und bei „Geschäftemacherei“ der sportliche Geist auf der Strecke bleibt. Alle kennen aber auch das: Die Hand, die tröstet und die gratuliert. Der Sportler, der mir Anstand verlieren kann – unter Anerkennung der Leistung des anderen. Der Zuschauer, der seine Lieblinge zwar außerordentlich verehrt, aber nicht abgöttisch ehrt und sich für Fairneß einsetzt. Es kann aufregend sein, die Welt des Sports mit neuen Augen kennenzulernen.

Ohne Vorurteile entdeckt man übrigens nicht nur Neues im „Stadion“, sondern auch in einer „Kirche“. Die Brücke zu ihr ist der Glaube an Jesus Christus.

Urlaub

Ferien: Wenn die Seele richtig „baumelt“

Viele Menschen erleben ihren Urlaub als eine Bereicherung ihres Lebens. In der von Berufs- und Schulpflichten freien Zeit erholen sie sich am besten. Wenn ihre Seele richtig „baumelt“, gelingt es ihnen eher, neue Kräfte zu sammeln und zur Besinnung zu kommen. Sie entdecken dabei nicht nur sich selbst ganz neu, sondern auch ihren Partner oder ihre Familie. Manche berichten darüber hinaus von überraschender Gastfreundschaft und von Gemeinschaften, die zur tieferen Verständigung mit anderen Menschen und Kulturen beitragen. Ein besonders „glückliches Moment“ stellt wohl das Gefühl dar, mit einer fremden Welt und einer fremden Natur eins zu sein.

Aber auch das gibt es: Zerstörte irdische Paradiese und verlorene kulturelle Eigenarten; quälendes Sitzen wegen der zeitintensiven An- und Heimfahrt, Drang nach Abenteuern um jeden Preis, dumpfes Zeittotschlagen, blinden Aktivismus und vieles mehr. Wer sensationssüchtig in eine Scheinwelt flüchtet und hektisch aus der Leere kommt, findet häufig nur eine neue innere Leere und wird enttäuscht.

Wesentlich sind weder die vielen Kilometer, die zurückzulegen sind, noch ist ein „prestigeträchtiges Ziel“ das Entscheidende. Auch machen Bräune, Dias und Videos nicht die eigentliche Qualität eines Urlaubs aus. Für viele bewußt lebende Urlauber ist vielmehr das persönliche Erlebnis der Freiheit zu sich selbst, zum Nächsten und zur Mitwelt, was tief befriedigt, neu und froh macht. Manche wissen auch, daß sie zwar im Urlaub ihrem Alltag eine Strecke davonlaufen können, aber nicht sich selbst, ihrem Nächsten und ihrem Schöpfer, der zum Erlebnis des Authentischen, des Menschlichen und des Göttlichen, einlädt.

Dies ist ein ganz besonderer Gewinn im Urlaub, ein Geschenk, das man allerdings auch in der „geistlichen Ruhe“ des Alltags am „heimischen Herd“ überraschenderweise entdecken kann.

Garten

Gärten – Zeichen der Ermutigung

Besonders schöne Visitenkarten sind viele Zier- und Nutzgärten. Mit viel Liebe und Ordnungssinn werden sie betreut. Gewissenhaft, regelmäßig und zeitaufwendig kümmern sich unzählige Hobby- und Kleingärtner um den Rasen, das Blumenbeet, die Hecke, aber auch um Kräuter, um selbstgezogenes Gemüse und das Obst.

Aus der Gartenkultur wird jedoch ein Gartenkult, wenn die Gartenarbeit „verbissen“ und „ideologisiert“ gesehen wird. Der Plan, wie auf einem Reißbrett entworfen, ist dann wichtiger als der Garten selbst. Jedes Kräutlein, das nicht vorgesehen ist, muß um jeden Preis weichen. Jedes welke Blatt, das unter der Hecke liegt, wird mit der Harke pedantisch entfernt.

Es gibt aber auch das andere Extrem, wenn sich Gartenkultur in Gartenchaos verwandelt. Nachbarn ärgern sich dann über die „ungesteuerte Entwicklung“. Wenn jemand die Natur auf seinem eigenen Grundstück aus weltanschaulichen Gründen oder einfach aus Bequemlichkeit „zu sich selbst kommen“ läßt, sollte er wenigstens die Grenzen zum Nachbargrundstück achten.

Jenseits von Kult und Chaos dienen die meisten Gartenfreunde dem Garten, und der Garten dient ihnen. Sie schätzen die eigenen Früchte. Für viele ist Gartenarbeit auch einfach eine Art Ausgleichssport. Sie haben daran Freude und finden darin Muße und Erholung.

Wer die Schönheit dieser Welt mehrt, den Lebensraum „veredelt“, erinnert an das verlorene Paradies. Bewußt oder unbewußt setzt ein Gartenfreund ein sichtbares Zeichen einer heilbaren Welt. Als freier Herr seines Landes erhält, pflegt und erneuert er ein Stück dieses Lebens. Ein blühender Garten ist dann nicht nur eine Visitenkarte eines Gärtners dieser Welt, sondern auch ein Hinweis auf den Schöpfer aller Dinge. Besonders in einer heillosen Welt ist solch ein Zeichen ermutigend für die Seele und für die Mitwelt.

Politik

Nicht nur an der Theke wettern

„Mit diesem schmutzigen Geschäft möchte ich nichts zu tun haben“, schimpfte ein Mann auf „die Politiker“, die sich „da oben“ doch nur selbst bedienten und an sich dächten. Klüngel und Kumpanei, Streiterei und Heuchelei seinen für ihn unerträglich.

Sicherlich, es gibt nicht nur „Schönheitsflecken“, sondern auch „Schmutz“ in der politischen Landschaft. Besonders wenn Politik als der höchste Wert des Lebens angesehen wird und es nur noch um siegen oder untergehen, um alles oder nichts geht. Dann gedeiht der Sumpf rufmörderischer Feindseligkeiten, aus Gegnern werden Feinde, und demokratische Spielregeln werden offen oder heimlich mißachtet. Die „Macht auf Zeit“, um dem Gemeinwohl zu dienen, wird als „Besitz weniger“ mißbraucht, um unter Umständen auch die eigenen Taschen zu füllen.

Aber lassen sich Klein- und Großfürsten in demokratischen Gewändern von einem Rundumschlag beeindrucken? Konkrete Aufräumarbeiten vor der Haustür sind wirksamer,als in den eigenen vier Wänden oder an der Theke nur zu schimpfen. Die „guten Seiten“ der politischen Landschaft sollten so gestärkt werden, daß der Sumpf trockengelegt werden kann. Ohne Politiker, ohne das politische Engagement vieler wird nichts zum Positiven, zum jeweils Besseren bewegt.

Politiker haben es nicht einfach und – schon gar nicht in Bausch und Bogen – Hohn und Spott, Verdächtigungen und Unterstellungen verdient. Viele verdienen vielmehr Respekt und Anerkennung. Jeder ehrliche Politiker muß sich aber auch kritische Fragen gefallen lassen: Ist er für die Menschen da oder sind die Menschen für ihn da? Sagt er auch, was er denkt oder denkt er etwas ganz anderes, als er sagt? Ist er glaubwürdig, menschlich und geistig verwurzelt? Wenn Christen für die Politiker beten, dann hoffen sie auf den Gott, der alle in die persönliche Verantwortung vor sich ruft.

Profil

Profil gibt Halt und Lebensfreude

Keiner muß das fünfte Rad sein. Die Reifen am Wagen des Lebens können neues Profil erhalten. Wenn sich das Leben langsam abnutzt, verflacht oder wenn es zur Routine verkommt, sind Erneuerung und Vertiefung sinnvoll. Spätestens in Krisen- und Grenzsituationen ist ein gutes Profil bedeutsam. In den kurvenreichen Herausforderungen des Lebens sind Stabilität und Bodenhaftung gefragt, vor allem jedoch beim Bremsen angesichts von bösen Überraschungen.

Wenig Profil zeigt der, der immer nachgibt, mit den Wölfen heult oder Katzbuckelei betreibt. Wer um des eigenen Vorteils oder Erfolgs willen ständig sein Fähnchen nach dem Winde hängt, gerät in einer Situation mit Rutschgefahr persönlicher Bewährungsprobe schnell ins Schleudern.

Schlechtes Profil wird sichtbar, wenn sich jemand auf Kosten eines anderen „profiliert", indem er ihn persönlich herabsetzt oder abstempelt und in Bausch und Bogen verurteilt. Intrigen und Haß hinterlassen Spuren, die nur mit Mühen beseitigt werden können.

Gutes Profil hängt nicht von der Menge des Wissens ab. Dieses kann ohnehin nachgeschlagen werden. Wichtiger ist, daß geistige Selbständigkeit, Urteilskraft, soziales Engagement und ein menschliches Rückgrat vorhanden sind. Dieses Profil gibt Halt und Lebensfreude.

Zum Glaubensprofil der Christen gehört es, sich von Christus erneuern und sich in der Bindung an Gott neue Freiheit schenken zu lassen. Dazuzulernen, wenn andere immer schon Bescheid wissen. Nein sagen zu können, wenn andere „Hurra" rufen. Wachrütteln, wenn andere schlafen. Lieben und verzeihen, wenn andere hassen oder gleichgültig sind. Nicht fordern, aber das Heilsame fördern. Dann „erfahren" Christen und Nichtchristen neues Leben.

Freundlichkeit

Freude schenken

Ein freundliches Gesicht lädt zum Gespräch ein, ein unfreundliches schreckt von einer Begegnung ab. „In dem Geschäft kaufe ich nicht noch einmal ein", sagte eine Frau und fügte als Begründung hinzu: „So viel Unfreundlichkeit habe ich noch nicht erlebt." Wer ständig unfreundlich zu seinen Mitmenschen ist braucht sich nicht zu wundern, wenn er gemieden wird.

Unfreundliche Menschen stehen sich häufig selbst um Wege. Manche sind innerlich verbittert, weil sie sich benachteiligt, minderwertig oder überfordert fühlen. Andere können ihre negativen Gefühle und ihre belastenden Gedanken einfach nicht verbergen, so daß sie sich in ihren Gesichtern widerspiegeln. Es gibt aber auch Situationen, in denen es schwer ist, seinen Ärger über einen „unfreundlichen Kunden" herunterzuschlucken und freundlich zu bleiben. Niemand kann dauernd freundlich sein.

Wenn jedoch die Freundlichkeit als Grundhaltung ungeheuchelt und ehrlich ist, entwickeln sich heilsame Kräfte für einen selbst und für den Mitmenschen. Freundliche Menschen – ob im Geschäft, auf der Straße, im Beruf oder in der Familie – sind wie der Sonnenschein, der Licht und Wärme schenkt. In ihrer Nähe können Menschen innerlich und äußerlich aufblühen. Weil sie sich wohler, besser angenommen fühlen, sind sie auch eher bereit, sich zu öffnen und Vertrauen wachsen zu lassen. Freundlichkeit ist nur ein kleiner, aber wichtiger Anfang einer gemeinsamen Beziehung. Sie zeigt sich sowohl in der Mitfreude über das Glück und den Erfolg eines anderen, als auch im Mitleiden und in der Hilfsbereitschaft.

Wer entdeckt, daß Gott auch die menschliche grimmige Miene mit freundlichen und liebenden Augen betrachtet, überwindet seine Verbitterung und gewinnt an Lebensqualität dazu. Der kann wieder freundlich sein.

Kritik

Heilsame Kritik

Kritik kann hilfreich und aufbauend sein. Ewiges Nörgeln geht jedoch auf die Nerven. Die ständige Suche nach dem „Haar in der Suppe“ verdirbt nicht nur die Freude am Essen. Kritiksucht zerstört auch eine Gemeinschaft. Wieder einmal schimpfte der Mann: „Das ist ja ungenießbar.“ Diesmal war das Faß übergelaufen. „Morgen kannst du das Essen selber machen“, konterte die Frau.

Wer andererseits seine Mitmenschen immer in Watte einpackt oder nur Lobhudelei betreibt, wird ihnen auch nicht gerecht und verliert den Blick für die Wirklichkeit. „Ihm geschieht ständig Unrecht“, klagte eine Frau, „obwohl er so ein guter Mensch ist.“

Heilsame Kritik bringt häufig die Wende und den Fortschritt im menschlichen Miteinander und in der Persönlichkeitsentwicklung. Sie setzt die positive Anerkennung des Kritisierten voraus. Niemand macht ständig alles falsch. Jeder Mensch hat verschiedene, auch gute Seiten und Zeiten. Wenn zunächst das Positive gesehen wird, muß das Negative zwar nicht übersehen werden, aber es wird mit der Kraft des Positiven besser überwunden. Heilsame Kritik ist immer auch notwendige Selbstkritik. Diese Kritik verhindert ein flottes Urteil, Vereinfachungen und Verallgemeinerungen. Sie fördert vor allem die Glaubwürdigkeit der eigenen Argumente sowie die Veränderungsbereitschaft des anderen. Der Kritiker muß nicht alles besser machen können. Aber er sollte seine persönliche Hilfsbereitschaft bei der Suche nach Veränderungsmöglichkeiten zeigen.

Niemand lebt letztlich von der Kritik, sondern von der Bejahung. Aber wenn Kritik in Liebe im Sinne Jesu gesagt wird, erfährt das Leben neue Kraft und Würze.

Ichsucht

Wider die Fangnetze der Egoisten

Wer sich im Netz des Egoismus verfängt, fischt im trüben. Manche „Pantoffelhelden“ haben sich Hals über Kopf in sich selbst verliebt, denken nur an sich und leben auf Kosten anderer. Sie knüpfen ein engmaschiges Abhängigkeitsnetz, das ihnen ihren persönlichen Einfluß und ihre Machtstellung sichert. Ihre moralische Weltanschauung, so meinen sie, verschafft ihnen dabei ein gutes Gewissen und eine weiße Weste. Sie sprechen (nur) von ihren Bedürfnissen und „Solidarität“, ruhen sich jedoch gleichzeitig in der Hängematte ihrer Wohlstands- und Anspruchsmentalität aus.

Aber ist ihr „Seelenfang“ nicht auf Dauer für die Betroffenen durchschaubar? Lassen sich alle immer wieder neu für dumm verkaufen? Kann jemand ständig Moral predigen, ohne sie vorzuleben? Vor allem, bleibt ein Egoist nicht am eigenen Netz kleben?

Die Netze der Egoisten, die zu eigenen Fangnetzen geworden sind, reißen sehr schnell, wenn sie neu belastet werden. Der Egoist stürzt dann in den Abgrund der persönlichen Einsamkeit und Unzufriedenheit.

Wer mündig und erwachsen geworden ist, entwickelt die schöpferische Kraft, ein neues Netz der Nächstenliebe und Partnerschaft zu knüpfen. Der kann „Ja“ zum eigenen Ich sagen, sucht aber gleichzeitig darüber hinaus das Du.

Der trägt andere mit und wird mitgetragen. Der trägt Meinungsverschiedenheiten aus, damit nichts nachgetragen wird. Der fordert nicht nur etwas, sondern gibt auch etwas. Der erwartet nicht nur Hilfe vom anderen, sondern steht auch für den anderen ein. Der trägt bei zur Entfaltung der eigenen und fremden Person. Der fischt im Leben mit dem Netz der Liebe, um Hilfe zur Selbsthilfe zu geben und zu empfangen.

Überraschung

Rose und Kaktus

Blumen und Pflanzen stehen nicht nur auf einer Fensterbank. „Wenn ich dich so betrachte, läuft mir ein Schauer über den Rücken“, beleidigt plötzlich die Rose den Kaktus. „Mit dir möchte ich nichts zu tun haben. Deine Stacheln mag ich nicht. Sie machen mit Angst.“ Der Kaktus läßt sich das nicht gefallen: „Vergiß deine Dornen nicht. Sie sind auch nicht von gestern.“

In der Nacht kann der Kaktus nicht schlafen. Er faßt sich ein Herz und flüstert: „Sollten wir nicht in Ruhe noch einmal über alles sprechen?“ Die Rose jedoch winkt ab: „Das hat doch keinen Zweck. Du bist und bleibst ein unangenehmer Zeitgenosse.“ Weil der Kaktus sprachlos ist, begründet die Rose ihre Auffassung: „Wen erfreust du denn schon mit deinen Stacheln? Schau mich an. Menschen freuen sich, wenn sie mich sehen. Du dagegen bist langweilig und verletzt nur.“ Ehrlicher sei es, einen endgültigen Schlußstrich zu ziehen.

Der Kaktus ist wie gelähmt. „Kann ich etwas dafür, daß ich Stacheln habe? Aber vielleicht stimmt es, daß ich andere mit meinen Stacheln zu schnell verletze.“

Als die ersten Sonnenstrahlen neugierig durch die Fenster blicken, reibt sich die Rose die Augen. Der Kaktus hat sich verändert. Er „blüht“ trotz seiner Stacheln. Als die Sonne sich so richtig mitfreut, beginnt die Rose zu welken. „Helft mir“, ruft sie. Aber auch der Kaktus weiß so schnell keinen Rat. „Vielleicht mußt du jetzt Geduld haben“, meint eine Mitpflanze vorsichtig. In jedem Leben gebe es ja Überraschungen. Nicht nur auf einer Fensterbank.

Aber ob Zutrauen ausreicht? Ob es Erneuerung ohne Gottvertrauen gibt?

Neuanfang

Das Gartentor zum Neuanfang

Es lohnt sich manchmal, das Gartentor zu öffnen. „Meine Schwiegermutter hat mich von Anfang an nicht akzeptiert", sagte die Frau und fügte noch hinzu: „Spannungen zwischen uns gab es schon immer. Darum sehen wir uns selbst als Nachbarn so selten".

Es trifft zu: Bleibt das Gartentor in der Regel verschlossen, wird sich daran nichts ändern. Im Gegenteil! Einsamkeit und Verkrampfungen werden wachsen, Gleichgültigkeit und Gehässigkeiten gedeihen. Wird das Tor jedoch geöffnet, kann es zu einer neuen Begegnung kommen. Wer sich dabei unbefangen, ohne Angst und Rechthaberei verhält, entdeckt, daß im Garten auch jenseits des Zaunes verschiedene Blumen wachsen. Und können sich die Blumen nicht gegenseitig achten, wenn sie wollen? Zum Beispiel die Rose den Kaktus und der Kaktus die Rose?

Hat nicht auch die Rose Dornen, die verletzen können, und der Kaktus Blüten, wenn die Rose nur geduldig warten kann? Ist es richtig, die Blumen in „gute" und „schlechte", „schöne" und „häßliche" zu sortieren, wenn jede Pflanze beide Anteile in sich vereinigt, zu verschiedenen Zeiten sehr unterschiedlich sein kann? Und scheint die Sonne nicht sowohl über Rosen als auch über Kakteen? Leben nicht beide von den wärmenden Strahlen der Sonne und von dem Boden, in dem sie verwurzelt sind, Halt und Nahrung finden?

Dennoch kann eine Beziehung welken und sterben, wenn sie nicht gepflegt wird. Auch ist jede neue Begegnung ein Wagnis, da sie enttäuschend sein kann. Sie ist jedoch beglückend, wenn beide „Pflanzen" sich in der Begegnung neu wahrnehmen, sich in ihren Besonderheiten achten und sich vor allem der Sonne, der Kraft des Positiven öffnen.

Seit Jesus Christus trauen sich seine Freunde zu, das Tor zu einem Neuanfang zu öffnen. Dieses Zutun ist der Same, aus dem neues Leben entstehen kann.

Heilsame Worte

Lebenskraft kommt aus dem Wort

Ein notwendiges Wort wird nicht von allen begrüßt. Manche qualifizieren es schnell als „leeres Gerede“ ab, dem keine Taten folgten. Andere ziehen sich den Schuh auch an, weil er ihnen paßt. Aber sie ziehen nicht die richtigen Schlußfolgerungen daraus. Sie gehen vielmehr in Deckung, weil sie sich durchschaut fühlen und Angst haben, ihr Gesicht zu verlieren. Oder sie greifen mit persönlichen Attacken an, indem sie losschimpfen, sich empört zeigen und alles und alle über einen Kamm scheren. Wieder andere machen einfach „dicht“ und setzen sich mit solch einem Wort gar nicht auseinander. Oder sie hören nur scheibchenweise oder zeitweise das heraus, was ihnen gerade in den Kram paßt. Die „ganz Schlauen“ leiten ein Wort um. wenn sie spüren, daß sie persönlich gemeint sind: „Nicht ich, sondern der andere soll sich das Wort zu Herzen nehmen.“

Dennoch kann ein notwendiges Wort, das heilsame Unruhe schafft und eine Situation erhellt, positiv wirken und heilsam sein. Zwar ist es nicht möglich, jemanden zu zwingen, auf ein „die Not wendendes“ Wort zu hören. Auch kann niemand dazu überredet werden. Aber solch ein Wort kann auch nicht erstickt werden. Einmal ausgesprochen, wirkt es. Geduldig kann es warten. Es kommt nicht leer zurück, weil es Not wendet, indem es durch sein Dasein neues Leben bereits geschaffen hat.

Wer dem Wort Gottes schöpferische Lebenskraft zutraut, braucht sich im Leben nicht mehr vor lieblosen Worten zu fürchten. Der kann diese Not sehen und dennoch das Notwendige sagen und leben.

Hilfsbereitschaft

Hilfe geben, Hilfe brauchen

Lassen uns die Schreie eines leidenden Kindes gleichgültig? Gehen wir teilnahmslos an der Not anderer vorüber? Einer, der seine Augen und Ohren vor der Hilfsbedürftigkeit anderer verschließt, meint: „Was im Nachbarhaus passiert, ist nicht mein Bier." Er halte sich lieber aus „fremden Angelegenheiten" heraus, auch wenn „vielleicht" jemand mißhandelt werde. Im übrigen seien doch für „solche Fälle die Behörden" zuständig.

Kann man seine Verantwortung einfach so abschieben? Manche entwickeln auch einen Galgenhumor oder ächten in schlimmer Weise die Opfer. Einzelne verleumden sogar die Hilfsbereitschaft als „egoistisches Theaterspiel", um die eigenen Hände „reinzuwaschen".

Was aber, wenn man selbst hilfsbedürftig wird? Will, kann, soll man dann allein bleiben? Und was ich für mich selbst hoffe, steht das nicht auch meinem Nächsten zu? Hofft nicht jeder auf spontane und vorurteilslose Hilfe, wenn er selbst in Not geraten ist? Dann erwartet keiner schöne, belehrende, (an-)klagende Worte. Auch keine (noch zu entwickelnden) Programme, die die Menschheit später einmal ändern sollen. Geschweige denn, überhebliche Herzlosigkeit. Vielmehr wird in einer akuten Notlage sofortige und unvoreingenommene Hilfe erwartet.

Zur echten Hilfe gehört auch Sachlichkeit. Gedankenlosigkeit und Schwärmerei können alles noch schlimmer machen. Der Helfer kommt nicht umhin, sich über die Art der Hilfe, Wirkungen und Ziele Gedanken zu machen. Aber dafür gewinnt er auch einiges: die Gemeinschaft mit einem Hilfsbedürftigen, der eines Tages selbst zum Helfer werden kann.

Positives Denken

Positive Kreise ziehen

Ein Stein, der ins Wasser fällt, kann Kreise ziehen. Wer zu sich selbst und zum „Wasser des Lebens“ einen Zugang gefunden hat, findet auch leichter zum Mitmenschen.

Wer demgegenüber selbstzufrieden ist, gleicht einem Stein, der zwar vom Wasser ständig umflutet wird, innerlich aber hart und trocken bleibt. Positive Botschaften – zum Beispiel die Grundhaltung der Vergebungsbereitschaft – können ihn jeden Sonntag „umfluten“; persönlich läßt er sich jedoch nicht ansprechen, geschweige denn ändern. Überhebliches Verhalten hilft dabei, niemanden an sein Innerstes herankommen zu lassen.

Unzufriedene Mitmenschen klagen und jammern lieber. Sie ziehen es vor, gleichsam Steine nach anderen zu werfen, um von sich und ihrer Unzulänglichkeit abzulenken. Weinerlich fühlen sie sich ständig von anderen oder von „der Gesellschaft“ ungerecht behandelt. Wenn es nach ihnen ginge, würde alles anders und besser laufen. Aber es habe ja doch keinen Zweck.

Ein und derselbe Mensch kann mal zufrieden, mal unzufrieden, mal selbstzufrieden sein. Aber was gibt ihm die Kraft, neue Kreise zu ziehen? Oder ist er nur zufällig ins Wasser des Lebens geworfen worden und muß, will auf dem Grund einfach liegen bleiben?

Wer sich von Gott finden läßt, entdeckt, daß er und andere mehr sind als nur Steine. Der ist zufrieden, weil er befriedet ist, weil sein Hunger nach Liebe, Vergebung, Bejahung von Gott gestillt wird. Der wird allerdings unzufrieden, wenn er Fried- und Lieblosigkeit oder Ungerechtigkeit erlebt. Der bewegt etwas. Der bringt Freude und Erneuerung. Der zieht positive Kreise.

Humor

Aus dem Humor wächst manche Kraft

Spontaner Frohsinn kann auch in der organisierten Fröhlichkeit aufkommen. Das erlebt jedoch nicht der Außenstehende, der die Freude anderer bewertet und miesmacht: „Manche haben gut, andere schlecht gelacht.“ Daß solch ein Kritiker auf geistigen Stelzen geht und deshalb schnell auf die eigene Nase fallen kann, ist ihm nicht immer bewußt.

Auch gilt das nicht für die Witze- und Spaßmacher, die sich auf Kosten anderer „köstlich“ amüsieren, aber über sich selber nicht einmal schmunzeln können. Dem Fest fehlt die menschliche Würze, wenn Musikstücke lustlos heruntergeleiert werden oder Ansprachen nur vom Beifall auf Kommando leben. Manche Gäste können deshalb nicht lachen, weil sie nicht abschalten können, der Alltag sie gefangen hält. Andere nehmen das Feiern tierisch ernst oder denken nur an die Mitgäste, die über die Stränge schlagen.

Spontaner Frohsinn kann sich in einer unterschiedliche Menschen zusammenführenden Feier eher einstellen, wenn die Gäste die Grundhaltung des Humors einnehmen. Wer humorvoll ist, geht ein wenig auf Distanz und gewinnt einen besseren Überblick. Der Humor als Ausdruck von Lebensfreude macht das Herz frei von Spannungen und beseelt den ganzen Menschen neu. Er wirkt sich auch als liebevolle Kraft für andere aus, indem Mitmenschen mit ihren falschen Ansprüchen in die Schranken gewiesen werden. Der humorvoller Mensch kann zudem über sich selbst und seine „Wichigtuerei“ lachen, weil er seine eigenen Grenzen erkennt und anerkennt.

Eine frohe Gelassenheit und eine innere Freiheit gegenüber dem Ernst des Lebens vermittelt der Glaube an den Gott, der auch auf krummen Linien gerade zu schreiben vermag. Warum also nicht auf geraden Linien eines Festes spontan Humor zeigen?

Erneuerung

Wer sich Erneuerung zutraut

Kann sich solch ein Mensch überhaupt ändern? „Verbohrt" hat er einen festen Halt, ist sowohl belastbar als auch berechenbar. Aber gleichzeitig gerät er schnell in den Teufelskreis der Unbeweglichkeit. Mit seinen Erfahrungen begründet er sein Verhalten: „Das habe ich immer schon so gemacht." Mit dem Hinweis auf sie Zukunft wird ihm eine neue Gegenwart verbaut: „Der ändert sich nie. Der war schon immer so."

Die Macht dieser erstarrten Gewohnheiten ist nicht zu unterschätzen. Gegen bessere Einsicht beharren deshalb „sture" Menschen auf ihrer Meinung und ihrem Verhalten. Selbst wenn jemand von ihnen durch eine persönliche Krise ins Stolpern geraten ist, wird der alte Trott nicht überwunden. „Als er wieder gesund war, war alles wieder wie vorher."

Besonders verbohrt sind die, die auf dem Hochsitz der eigenen Moral Platz genommen haben. Ihr Bewußtsein der Überlegenheit, ihre Rechthaberei und ihre Selbstgerechtigkeit machen sie unzulänglich, zugleich aber auch sehr einsam. Sie werden gerne gemieden. Ihre aufgewärmten Kamellen sind ungenießbar, ihre Autoritäten langweilig. Ihre Denkfähigkeit, die nur zur Verteidigung des eigenen Standpunktes dient, ist schon lange durchschaut worden.

Und dennoch kann sich der „bornierteste" Mensch bewegen (lassen), weil er mehr ist als sein Hochsitz, nämlich Mensch, „beseelt". Er muß es selbst nur wollen, freiwillig und aus Einsicht. Die neue Beweglichkeit kann im Kopf anfangen („Ich werde alles noch einmal bedenken") und sich um Herzen fortsetzen („Was hindert mich, neu zu fühlen und zu denken?!"). Sie zeigt sich in der Haltung der Hände, die ausgestreckt sind, um neue Erfahrungen zu sammeln.

Wer an Gott glaubt, der hält auch die Hoffnung auf Veränderung aufrecht. Wer sich Erneuerung zutraut, der hat sich bereits geändert.

Liebe

Die kleinen Zeichen sind die größten

Nur ein kleiner Gruß? Nur ein schönes Beiwerk? Nur ein gekauftes Mitbringsel? Eine kleine Aufmerksamkeit oder eine Blume kann zum Beispiel mehr sein. Beide können zum Zeichen werden und auf wichtige Dinge aufmerksam machen.

Gereizt und nervös kam die Schwester ins Krankenzimmer. Was war geschehen? „Nein, sie haben mir nichts getan", sagte sie. „Aber der Patient aus dem Nachbarzimmer geht mir langsam auf die Nerven." In großer Eile wollte sie das Zimmer wieder verlassen. Denn hatte sie nicht schon zuviel gesagt? Doch da ergriff dieser Patient eine Rose, die in der Vase auf dem Tisch neben seinem Bett stand, und reichte sie ihr.

Die Schwester zögerte. Was sollte denn das schon wieder? Aber plötzlich geschah etwas: Ihr Gesicht hellte sich auf, sie atmete spürbar auf, gute Gefühle durchströmten sie. Dankbar lächelnd betrachtete sie die Rose. Sie verspürte und hatte verstanden: Ich bin diesem Menschen nicht gleichgültig. Dieser Mitmensch mag mich trotz meiner Gereiztheit und Hektik. Er versucht, mich zu verstehen und anzunehmen.

Ohne viele Worte hatte das Zeichen der Rose ihre Seele angesprochen. Tiefe Menschlichkeit ließ auch sie menschlich werden. Wie verwandelt ging sie in das Nebenzimmer. All das ereignete sich nicht am Rande des Alltags, sondern genau in seiner Mitte. Im Kleinen findet die Menschlichkeit ihre eigentliche Größe und ihre Bewährungsprobe.

Ein Geheimnis des christlichen Glaubens besteht darin, daß der von Gott geliebte Mensch eine Liebeserklärung Gottes an uns Menschen ist. Sie ermutigt, Zeichen der Menschlichkeit zu setzen. Dann können Seele und Geist wieder aufblühen.

Gesundheit

Gesundheit – Hauptsache aller Hauptsachen?

Was ist eigentlich das Wichtigste im Leben? „Hauptsache, ich bin gesund. Bloß nicht krank werden“, antwortete der Mann, der das Leben liebte und genoß. Kleine Krankheiten schwieg er lieber tot. Den letzten Schwächeanfall überspielte er.

Die Gesundheit ist in der Tat keine Nebensache. Wer sich gesund fühlt, sollte dieses hohe Gut, das weder selbstverständlich noch einklagbar ist, pflegen. Zum Beispiel Sport betreiben, auf gesunde Ernährung und gute Lebensgewohnheiten achten.

Aber ist die Gesundheit das Wichtigste? Gleichsam eine „Göttin“, die man anbeten und der man alles – auch sich selbst und seine Würde – opfern soll? Kann ein fanatischer Gesundheitskult das ewige Leben vermitteln? Steht am Ende nicht für alle der Tod? Der Mann, der nach dem Wichtigsten gefragt worden war, wurde plötzlich schwer krank. Für ihn war es die Katastrophe. Er fühlte sich aufs Abstellgleis gestellt, ohnmächtig, allein mit seinen Ängsten, Selbstvorwürfen und Fragen. Bin ich jetzt ein Versager oder ein „Spielball des Schicksals“? Gibt es ein „Happy-End“?

In dieser unfreiwilligen Lebensphase wurden ihm Menschen wichtig, die keinen Bogen um ihn machten, sondern ihn vorbehaltlos annahmen, ihm geduldig zuhörten und sich von ihm bewegen ließen. Er konnte sogar plötzlich wieder beten.

In ihm wuchs eine neue Gewißheit. Ich bin mehr als ein kranker Körper. Nicht weil ich etwas habe, sondern weil ich etwas bin. Beim letzten Gespräch sagte er: „Ich wünsche mir, wieder gesund zu werden. Aber das Wichtigste ist, daß ich jetzt mit meiner Krankheit weiterleben kann.“ Hauptsache, von Gott geliebt, in der Krankheit gestärkt.

Freiheit

Der Mensch und die Strömung

Im Fluß des Lebens passen sich viele Schwimmer der Strömung und den Verhältnissen einfach an. Es hilft ihnen, (Problem-)Klippen besser zu umgehen und über Wasserfälle unvorhergesehener Ereignisse hinwegzukommen. Diese Anpassung ist lebensnotwendig. Schwimmer, die wissen, wie man im Fluß der Familie, des Freundeskreises oder Berufes am besten „überlebt", können darüber hinaus Zivilcourage haben.

Sie sind nicht zu verwechseln mit den Nicht- und Mitschwimmern, die sich einfach treiben lassen, nur opportunistisch ihren Vorteil suchen oder auf Kosten anderer leben. Bei dieser Art der Anpassung verschwimmen sehr häufig der Charakter und die eigene Meinungs- und Urteilsfähigkeit. Diese Schwimmer können schnell in einer Gemeinschaft untergehen oder sich hinter einer allgemeinen Moralvorstellung verstecken.

Daneben gibt es noch die „Musterschwimmer", die alles besser können, selbstgerecht, rechthaberisch sind und mit anderen im Dauerstreit leben. Solche Sonderlinge können sich nicht ein- und unterordnen, weil sie häufig in sich selbst oder in ihren Protest verliebt sind. Schließlich kennt jeder auch den „Musterschwimmer", der nach oben buckelt und nach unten tritt.

Wo ein Mensch seine Gedankenlosigkeit und seine Anpassung um jeden Preis überwindet, fangen seine persönliche Freiheit und seine Verantwortung an. Er kann bewußt mit anderen mitschwimmen. Er kann aber auch, wenn es sein muß, gegen den Strom schwimmen. Zum Beispiel sich für einen fairen Umgang einsetzen, wenn unfaire Sogeffekte auftreten und einem anderen Menschen Unrecht geschieht.

Solche Menschen wissen etwas von der Quelle des Lebens, von der wir kommen, von der wir leben und zu der wir eines Tages zurückkehren.

Beziehungslosigkeit

Vom Wollen, Leben und Vollbringen

Auf einen Versuch kommt es an. Jemand lebt und ist doch für andere tot. „Den kannst du vergessen“, sagte jemand und fügte noch hinzu: „Seine ganze Familie ist für mich gestorben.“ Sicherlich, da gibt es eine Fülle von Begründungen. Zum Beispiel: „Ich bin es leid, mich ständig zu ärgern. Unsere Familie will ihre Ruhe haben. Endlich herrscht bei uns Frieden.“

Aber ist der Frieden stabil, die äußere Ruhe mit innerer Zufriedenheit gepaart? Sind da keine besseren Alternativen, neue Lebenswege, die nur darauf warten, entdeckt zu werden? Muß der soziale Tod, die seelische Friedhofsruhe immer das letzte Wort haben?

Allerdings, wer nichts Neues sucht, findet auch nichts. Und es stimmt auch, daß Verletzungen der Seele häufig nur langsam heilen und nicht zu früh mit „Vergessen“ und „Menschlichkeit“ verbunden werden dürfen, damit sich unter dem Verband keine neuen „Eiterherde“ entwickeln können. Zum Ausheilen gehört der Sauerstoff des Sich-Entschuldigen-Könnens, des Auf- und Verarbeitens. Vor allem aber das ABC der Herzensbildung, das die Devise „Wie du mir, so ich dir“ und die Endgültigkeit überwinden kann.

Wenn der andere mich mißachtet oder sogar haßt, versuche ich ihn als Menschen zu achten und anzunehmen. Ich kann, wenn ich es wirklich will, nicht nur die lieben, die mich lieben, sondern auch die, die mich nicht lieben.

Ich kann das Böse und den Haß verneinen, ohne den Bösen und Haßerfüllten zu verneinen. Besonders dann, wenn ich in der Gewißheit lebe, vom Liebhaber allen Lebens geliebt zu sein. Der befähigt und ermutigt mich, das zu tun, was in meinen Kräften steht. Der schenkt mit Kraft, das zu ertragen, was ich zur Zeit nicht ändern kann.

Wenn das Wollen da ist, bricht das Vollbringen an, leben und stehen Menschen auf.

Vorsätze

Aus guten Vorsätzen Hauptsätze machen

Die Tage zwischen den Jahren bieten mehr Zeit zum Nachdenken als sonst. Manchen quält dabei ein schlechtes Gewissen. Jemand nimmt sich deshalb vor, endlich ein Lebenszeichen von sich zu geben und einen Brief zu schreiben. Ein anderer verspricht hoch und heilig, sich mehr Zeit für die Familie zu nehmen. Der eine plant (an Körpergewicht) abzunehmen, der andere (an Lernstoff für das Examen) zuzunehmen.

Diese und andere gute Vorsätze haben Hochkonjunktur. Aber was wird aus ihnen? Oder sind aus den gutgemeinten Vorsätzen bereits Nebensätze geworden? Gute Vorsätze müssen kein geistiger (Selbst-)Betrug sein; keine künstlich erzeugten Seifenblasen, die bei der Berührung mit der harten Alltagswirklichkeit platzen. Auch kein trickreicher Etikettenschwindel, um bestimmte Botschaften und Forderungen an andere zu verpacken. Oder nur bedeutungslose Verzierung des Alltags.

Gäbe es nicht von Zeit zu Zeit gute Vorsätze, würde das Leben eintönig und langweilig. Wenn sie aus der Einsicht heraus kommen und realistisch sind, bieten sie die Möglichkeit zur Selbstkorrektur. Das kann bedeuten, seinen Mitmenschen in Zukunft immer nur vorläufig zu beurteilen, anstatt ihn zu verurteilen; ihm begründet zu vertrauen, anstatt Vorurteile zu pflegen; ihm weiterführende Vorschläge zu machen, anstatt ihm die Vergangenheit vorzuwerfen.

Wer heute schon damit anfängt, macht aus guten Vorsätzen Hauptsätze seines Lebens.

Licht

Manchmal genügt ein einziges Wort

Geht uns manchmal ein Licht auf? Kerzen können künstlerisch verziert oder ganz schlicht sein. Wichtiger ist, daß sie brennen können.

Menschen fühlen sich manchmal wie Kerzen, die nicht brennen. Die innere und äußere Dunkelheit und Kälte, die sie erleben, machen sie einsam und traurig. Sie können nicht „strahlen". Die Sehnsucht nach einer Welt voller Geborgenheit und Vertrauen ist bei ihnen besonders stark ausgeprägt. Bei Riesenerwartungen reicht dann häufig ein Enttäuschungsfunke, um großes Unheil zu entfachen.

„Erst als ich echte Annahme erfahren habe, wurde ich anders", sagte ein Mann, der unter Lieblosigkeit litt, sich jedoch vom Liebesfunken entzünden ließ. Er leuchtet jetzt durch seine Erfahrung in der Dunkelheit anderer, ohne sie zu blenden. In seiner Nähe verbrennt sich niemand; er strahlt Güte und Barmherzigkeit aus.

Annahme ohne Vorurteile und Bedingungen erzeugt keinen Flächenbrand, sondern ermöglicht Erneuerung, vielleicht auch eine notwendige ehrliche und konstruktive Auseinandersetzung.

Die Liebe Gottes, die Jesus Christus erfahren und gelebt hat, kann alle Menschen – ob sie nun „verziert" sind oder nicht – entzünden. Diese Leibe verwandelt die Sehnsucht nach einer heilen Welt in den Einsatz für eine heilbare Welt. Sie kann alle Dunkelheit erhellen und erwärmen. Je mehr „Kerzen" sich von ihr entzünden lassen, desto heller und wärmer wird es in einer heillosen Welt.

Manchmal reicht ein Wort aus, damit ein Licht aufgeht.

Schenken

Das größte der Geschenke entdecken

Viele wären enttäuscht, wenn es in diesem Jahr anders wäre: Schenken und Beschenktwerden gehören zum Weihnachtsfest einfach dazu.

Alljährlich jammern und klagen aber auch sehr viele über die „ganze Schenkerei". Einzelne sprechen darüber hinaus von „Konsumterror" oder vom „Kaufrausch". Kann man eigentlich nur mit einem schlechten Gewissen etwas verschenken? Muß man sich seiner Geschenke schämen? Verderben Moraleiferer uns nicht nur die (Vor-)Freude am Fest, an der Bescherung, am Weihnachtsessen, sondern auch am Gottesdienst? Helfen überhaupt hochmütige Ermahnungen weiter?

Wer von der Mündigkeit und Verantwortung des Einzelnen ausgeht, muß ihm selbst die Entscheidung überlassen, ob und wie er schenkt. Der Betreffende macht sich vor allem die Unterschiede beim Schenken bewußt.

Es gibt Menschen, die mit kühler Berechnung schenken. Ihr Motto lautet: „Ich gebe, damit du gibst". Oder: „Schenkst du mir etwas, dann schenke ich dir etwas." Andere schenken gedanken- und gefühlslos, einfach pflicht- und gewohnheitsgemäß, so daß in ihren Geschenken wenig oder gar nichts zum Ausdruck kommt. Wieder andere haben beim Schenken „gute Zwecke" im Auge, wollen Bedürftigen helfen, Freundschaften pflegen oder erneuern. Leider kennen wir auch „schlechte Zwecke", Versuche, den Mitmenschen zu vereinnahmen oder „zu kaufen".

Wer mit Herz und Geist schenkt, ist in der Lage, auch Zeit, persönliche Aufmerksamkeit, ja sich selbst zu schenken.

Die Freude wird vertieft, wenn in einem Geschenk das Geschenk schlechthin entdeckt wird: das Kind Jesu als das größte Liebesangebot Gottes an alle Menschen.

Verletzungen

Negatives positiv verarbeiten

Ein Glückspilz freut sich seines Lebens. Ein Pechvogel schlägt sich mit Ach und Krach durchs Leben. Die meisten Menschen sind jedoch weder das eine noch das andere. Ihr Dasein ist viel spannender. Sie erleben manchmal Siege und kurze Zeit später folgen unter Umständen bereits Niederlagen.

Diese verletzen Menschen, insbesondere wenn sie aufs Abstellgleis geschoben, ausgebootet oder zurückgewiesen worden sind. Das gilt nicht nur für berufliche oder gesellschaftliche Bereiche, sondern auch für ganz persönliche Anlässe.

Wie aber kann man mit Niederlagen umgehen? Manche machen eine gute Miene zum schlechten Spiel und überspielen ihre Traurigkeit. Andere geben auf und hängen alles an den bekannten Nagel. Nicht selten wird dann auch mit sich selbst, Gott und der Welt gehadert. Wieder andere ziehen sich zurück und geben sich keine Mühe mehr. Einzelne warten den günstigen Zeitpunkt ab, um mit gleicher Waffe zurückzuschlagen. Sie können nicht vergessen, geschweige denn, vergeben.

Man kann jedoch nach einer Niederlage auch eine schöpferische Besinnungspause einlegen. Wo liegen die Ursachen des Mißerfolges? Spielten eigenes Versagen, eigene Fehler oder Schwächen eine Rolle? Oder unfaire Machenschaften? Vielleicht gab es mehrere Gründe?! Kann die Zeit Wunden heilen, oder ist eine aktive und konstruktive Auseinandersetzung notwendig?

Negative Erfahrungen können so positiv verarbeitet werden. Eine Enttäuschung ist ja auch immer eine Befreiung von einer Täuschung. Wer reifer und realistischer geworden ist, kann neue Wege, Möglichkeiten, Aufgaben und neue Freunde entdecken.

Der wird demütig und dankbar. Der fängt nochmals von vorne an.

Leiden

Altes loslassen, Neues hinzugewinnen

Es gibt Gefängnisse auch ohne Gefängnismauern. Ganz plötzlich und ohne Schuld kann jemand in so ein Gefängnis geraten. „Ich fühle mich wie eingesperrt. Ich habe Schmerzen und Angst. Ich weiß nicht, wie es weitergehen soll", seufzte eine Frau, die schwerst pflegebedürftig ist. Was hilft ihr? „Reiß dich zusammen" und „beiß die Zähne zusammen", haben ihr Bekannte empfohlen. Aber ihr Leiden hält sie nicht (länger) aus. Ihr ist vielmehr zum Schreien zumute. „Kopf hoch, es wird schon werden", meinte ihr Nachbar und klopfte ihr dabei gutmütig auf die Schulter. Aber das kann sie nicht (mehr) glauben. Dann schweigt sie lieber und schluckt ihre Anklagen hinunter.

In so einem Gefängnis kann ein Klopfzeichen an der Zellenwand hilfreich sein. Ein Mitmensch, der bei ihr ist, mit ihr anfragt, nach Sinn sucht oder mit ihr schweigt und „nur" ihre Hand hält, kann wie ein erstes Klopfzeichen sein. Eine Leidende ist dann nicht länger allein. Sie darf ihre Gefühle zum Ausdruck bringen; ein partnerschaftliches Vertrauensverhältlnis kann aufgebaut werden, das für beide wichtig und bedeutsam ist.

Eine Zellenwand trennt nicht nur, sie verbindet auch. Im Mitleiden können neue (Lebens-)Erfahrungen gesammelt werden. Fremdes Leiden kann eigenes trösten; aber auch eigenes kann das fremde Leiden in einem neuen Licht erscheinen lassen. Wer wie Jesus beten lernt „Herr, hilf, aber nicht mein, sondern dein Wille geschehe!", für den öffnet sich eine besondere Tür der Hoffnung im Gefängnis des Leidens. Der wird frei, kann Altes loslassen, gewinnt dafür neue Kraft und neues Vertrauen.

Sterben

Schon jetzt neues Leben entdecken

Wer über sein Leben einmal nachdenkt, entdeckt seine Sterblichkeit. Ein erfolgreicher Mann, der emsig seinem Beruf nachging, meinte flapsig auf die Frage nach dem Tod: „Mit dem Sensenmann kann ich mich noch später beschäftigen, wenn ich alt geworden bin." Aber woher weiß er, daß er alt wird? Der Tod kann im Schlaf, auf der Straße, am Arbeitsplatz oder sonstwo überraschen. Und sein Wunsch, „möglichst lange möglichst gut leben und plötzlich umfallen", muß nicht in Erfüllung gehen.

Natürlich kann man nicht ständig, überall und mit jedem über das Thema Sterben und Tod sprechen. Wer das täte, würde von anderen zu Recht gemieden. Aber dieses Thema sollte grundsätzlich nicht verdrängt oder angstvoll verschwiegen werden. Wer ständig wegsieht, ist unrealistisch und übersieht, daß er in steter Tuchfühlung mit dem Tod lebt. Wer hinsieht, lebt anders, bewußter und vertiefter; für ihn gehört das Sterben zum Leben dazu.

Der christliche Glaube hat mit frommem Kleister oder billigen Übertünchungen der Wirklichkeit nichts zu tun. Er bietet vielmehr Sprach- und Lebenshilfe in der eigenen Sprach- und Hilflosigkeit an. Wie Gott an einer Person, nämlich an Jesus Christus, gehandelt hat, so handelt er auch an uns Menschen. Am Ende diese Lebens erwartet auch uns ein Neuanfang, neues, unsichtbares, unvergängliches, letztlich unbegreifliches Leben. Könnte es mit dieser Neuschöpfung im Tod nicht so sein wie beim Samen, der zur Pflanze wird, dabei die alten Äußerlichkeiten verliert, jedoch eine neue Gestalt gewinnt? Und das Samenkorn hört doch nicht auf, dasselbe zu sein?

Wer sich seiner Sterblichkeit bewußt ist, entdeckt jedenfalls im Glauben schon jetzt neues Leben.

Leben

Wirklichkeit – nicht nur im Märchen

Eine alte Geschichte kann lebendig werden. Da ist der Vogel, der plötzlich eine grundsätzliche Frage stellt: „Was ist das Leben?" Eigentlich sind alle mit anderen Dingen beschäftigt. Aber dann antwortet die Rose: „Entwicklung. Ein Lern- und Reifungsvorgang. Verborgenes kann offenbar werden, wenn du dich vorurteilslos entfaltest und bewußt öffnest."

Der Schmetterling ist anderer Meinung: „Lust. Heute mußt du dein Leben genießen. Morgen kannst du tot sein. Warum sollte ich dann Lasten für andere tragen?" Die Biene hat keine Zeit. Sie meint nur: „Arbeit. Aber es gibt auch Anerkennung, die befriedigt." Der Maulwurf nennt seine Erfahrungen: „Kampf. Häufig findet er im Untergrund statt. Weil viele neidisch und kleinlich sind, gibt es auch so viele Verdächtigungen, Verunglimpfungen und Herabsetzungen."

Der Adler triumphiert: „Erfolg. Ich strebe nach oben. Dabei habe ich vom Fuchs gelernt, schlau und gerissen zu sein. Und vom Löwen, den Starken zu spielen, wenn es sein muß." Die Ameise ist empört: „Ordnung. Auch Sitte und Moral gehören dazu. Nur leider werde ich häufig verkannt, weil ich so klein bin."

In der Nacht denken alle noch einmal über „das Leben" nach. Am anderen Tag sagt die Morgenröte: „Das Leben ist der Anbruch der Ewigkeit." Sollte sich in jedem Leben ewiges Leben widerspiegeln? Weil es einmalig geschaffen, unendlich geliebt, erneuerungsfähig und bedürftig ist und bleibt? Dann ist das Leben mehr als die Vielfalt der Deutungen jedes einzelnen Lebens. Dann führt die Erfurcht vor dem Leben zur persönlichen Verantwortung für das konkrete Leben. Eine Wirklichkeit, nicht nur im Märchen.

Bescheidenheit

Die Kunst, sich freiwillig zu bescheiden

Man kann alles übertreiben: Manche versuchen, sich gegenseitig mit exotischen Namen ihrer Kinder zu übertreffen. Oder sie können nicht luxuriös genug wohnen. Auch die Berufe sind nicht von Menschen verschont, die eitel und unbelehrbar auf einem hohen Roß sitzen. „Oben“ ist für sie immer, wo sie gerade sitzen. Weil sie tief fallen können, täuschen sie nicht selten falsche Selbstsicherheit, einen „Dünkel“ vor. Ihnen fehlt intellektuelle und menschliche Bescheidenheit.

Man kann auch alles untertreiben: Manche spielen die Bescheidenen und lassen sich als „unscheinbare Heilige“ gerne feiern. Zwar weiß keiner genau, wo man mit den „grauen Blüten“ dran ist. Dennoch werden sie gerne aus dem „offenen Versteck“ geholt, weil von ihnen offensichtlich keine Gefahr im Sinne einer unbequemen Auseinandersetzung oder eines begründeten Machtanspruches ausgeht. Ihnen fehlen häufig argumentative Überzeugungskraft und die Bereitschaft, sich offen und kontrovers auseinanderzusetzen.

Wer im Umgang mit anderen Menschen weder übertreibt noch untertreibt, lebt entsprechend seinen Gaben, Fähigkeiten und Überzeugungen. Er gibt sich nicht, sondern ist aus Einsicht und freiwillig bescheiden, indem er sich auf das für ihn Wesentliche konzentriert. Andere merken sehr schnell, daß er es ehrlich meint und nichts Böses im Schilde führt. Er gewinnt Vertrauen und kann auf Dauer andere überzeugen.

Falsche Bescheidenheit tarnt sich als Untertreibung und paßt sich den Verhältnissen einfach an. Echte Bescheidenheit erwächst unabhängig von äußeren Verhältnissen und kann gerade deshalb die Verhältnisse und das menschliche Miteinander erneuern helfen.

Ehren

Neu anfangen kann man immer

Sie waren richtig stolz auf ihn. Doch dann brach der Kontakt der Eltern zu ihrem Sohn ab. Wie war das möglich? Heimlich hatte die Schwiegertochter bei jeder „Ungerechtigkeit“ der (Schwieger-)Eltern Öl ins Feuer der Gefühle ihres Mannes gegossen. „Du stammst eben aus einer schlechten Familie, die dich schon immer benachteiligt hat.“

Anfangs wehrte er sich dagegen: „Deine Eltern sind auch nicht besser.“ Es kam zu kleinlichen Vergleichen; es wurde auf- und abgerechnet. Doch dann triumphierte die Frau... Wird man sich also künftig nur noch bei Beerdigungen treffen?

Wer seine (Schwieger-)Eltern achtet, muß nicht mit all ihren Entscheidungen einverstanden sein. Es ist allerdings einfacher, alles und alle über einen Kamm zu scheren und Vorurteile zu pflegen, als Person und Sache zu unterscheiden. Bei manchen Ungerechtigkeiten bricht man sich keine Zacke aus der Krone der persönlichen Eitelkeit, wenn man nicht immer Recht behalten muß und nicht ständig dem anderen aufs Butterbrot schmiert, was er in der Vergangenheit falsch gemacht hat.

Christliche Herzensbildung und Größe zeigt derjenige, der nicht mit gleicher Münze heimzahlt, sich entschuldigen kann und vergebungsbereit ist. Sicherlich, da gibt es keine Patentrezepte im Blick auf notwendige konstruktive Auseinandersetzungen. Vielmehr auch Rückschläge, und im Alleingang kann man schnell erschöpfen. Aber da ist eben auch ein neuer Weg, auf dem sich alle ändern und froh werden können.

Für Neuanfänge ist es nie zu spät.

Vorbild

Nachdenken über eigene Fußstapfen

Manche Fußstapfen wirken stärker als viele Worte, Informationen oder Kenntnisse. Besonders die kleinen Vorbilder im Alltag können mit ihren Fußstapfen große Wirkung erzielen, ermutigen, anspornen, sogar mitreißen.

Wer aktiv zuhören kann, lädt andere ein, in die Fußstapfen der Hilfsbereitschaft zu treten. Was der erhobene Zeigefinger oder Predigten nicht schaffen, kann ein praktisches Beispiel bewirken: Einem Menschen begegnet jemand geduldig und ohne Bedingungen. Er wird eher bereit sein, Liebe zu geben, jemandem sein Ohr zu leihen, Verständnis zu zeigen und ihm in der Not beizustehen, weil er selbst Liebe erfahren hat.

Wer glaubwürdig spricht, lädt andere ein, in die Fußstapfen der Gesprächsbereitschaft zu treten. Der sogenannte Mann auf der Straße ist eine starke Einzelpersönlichkeit, wenn er nicht einfach mit dem Strom der Zeit schwimmt oder nur nach Applaus schielt, sondern auch die Überzeugungen und Einsichten in ein Gespräch einbringt, die „unpopulär" sind. Dazu zählt auch der Mut, nein sagen zu können, sich zu entschuldigen, die Geister zu prüfen, dazuzulernen, Herzensgröße zu zeigen.

Wer verantwortungsbewußt lebt, lädt andere ein, in die Fußstapfen der Verantwortungsbereitschaft zu treten. Ein gutes Vorbild ist kein autoritärer Guru oder fehlerfreier (Ver-)Führer. Es nimmt dem anderen nicht die Verantwortung ab, indem der andere ihn kritiklos kopieren soll. Er traut dem anderen vielmehr persönliche Verantwortung zu, indem er den anderen ermutigt, den für ihn richtigen Weg zu gehen, neue und eigene Fußstapfen zu schaffen.

Christen wissen sich als gute Vorbilder angewiesen auf das Beispiel Jesu Christi, das in die persönliche Verantwortung vor Gott einlädt.

Grüßen

Ein freundlicher Gruß gehört einfach dazu

Wer menschliches Format hat, weiß um die Wichtigkeit menschlicher Formen. Gute Umgangsformen schaffen die Voraussetzung für gute Begegnungen. Das Grüßen gehört dazu. Ob auf der Straße, im Zugabteil oder im Wartezimmer eines Arztes, ein freundlicher Gruß kann Gesichter erhellen lassen und ein Lächeln hervorbringen. Bei manchem schwindet für einen Augenblick das Gefühl der Einsamkeit. Das Gefühl, wahrgenommen und vielleicht sogar anerkannt zu sein, kann wachsen. Ein aus dem Herzen kommender Gruß öffnet so manchen Menschen, weil in ihm seine positiven Kräfte angesprochen werden.

Umgekehrt fühlt sich ein Mensch verletzt, wenn er links liegengelassen wird, jemand absichtlich in eine andere Richtung sieht oder die Straßenseite wechselt, damit es zu keiner Begegnung kommt. Besonders kränkend ist es, wenn jemand nicht zurückgegrüßt wird.

Natürlich gibt es auch übertriebene „Grüße" mit allzu stürmischen Umarmungen. Oder gedankenlose Grüße, die zur Routine erkaltet sind. Oder plumpe, um ein Bekanntschaftsverhältnis einzuleiten. Oder heuchlerische, die nicht echt sind. Aber Sonder- und Ausnahmesituationen sollten nicht die Regelsituation bestimmen. Wer von menschlichen Formen überzeugt ist, mit ihnen souverän umzugehen versteht, folgt nicht blind bestimmten Regeln. Der zeigt menschliches Format, nimmt Rücksicht auf die Gefühle anderer und setzt gerne ein Zeichen der Menschlichkeit, von der er selbst lebt.

Der menschgewordene Gott grüßt übrigens mit seiner Schöpfung und seiner biblischen Botschaft auch die, die (noch) nicht zurückgrüßen.

Toleranz

Ein Fundament (er)trägt nicht alles

Ein gutes Fundament kann vieles tragen. Dazu gehören die Meinungen und Verhaltensweisen Andersdenkender. Ihr Wissen und ihre Gewissensentscheidungen werden beachtet und geachtet. Niemand wird gezwungen, eine andere Überzeugung zu übernehmen, keiner als „Ketzer“ abqualifiziert.

Allerdings (er)trägt auch ein gutes Fundament nicht alles. Wer zu allem Ja und Amen sagt, verzichtet auf die notwendige Auseinandersetzung „um der Wahrheit willen“. Der kann auch schnell mißbraucht werden, indem sich andere seine passive Duldsamkeit zunutze machen, um ihr eigenes Süppchen der Unduldsamkeit zu kochen. Wo Fanatiker Feindschaft und Haß schüren, Gewalt und Rechtsbruch ihr Unwesen treiben, die Freiheit und Würde des Menschen mißachtet werden, da endet dieses Fundament. Wenn es zerstört werden soll, muß es geschützt werden, ohne selbst intolerant zu werden.

Nur wer ein eigenes Fundament hat, stand- und charakterfest ist, auch ehrlich eine Meinung bezeugen kann, ist in der Lage, Intoleranz abzuwehren, andere Auffassungen auszuhalten und zu verstehen. Im Blick auf das menschliche Miteinander und Nebeneinander ist dieses Fundament weder gleichgültig noch rechthaberisch, weder nachgiebig noch fertig. Es kann vielmehr ständig verbreitert werden, indem mit intellektueller Redlichkeit, menschlicher Offenheit und Gesprächsbereitschaft nach den besseren Wegen zur Wahrheitsfindung immer wieder neu gesucht wird.

Persönliche Gewißheiten schließen selbstkritische Fragen nicht aus. Niemand ist fehler- und irrtumsfrei. Doch jeder trägt eine persönliche Verantwortung für dieses Fundament menschlichen Zusammenlebens.

Gesichter

Die schönste Maske – nie schön genug

Ist uns eine Maske lieber als ein Gesicht? Viele kleine Lügen sind zum Alltag geworden. An der Haustür oder am Telefon läßt man sich eben verleugnen, wenn es erforderlich erscheint. Alltagslügen wirken sich jedoch auch auf Lebenslügen aus. Es fällt dann leichter, den „Supermann" oder den „Demütigen", den „Schlaumeier" oder den „Dummen", das „Schlitzohr" oder den „Naiven" zu spielen.

Die heuchlerische Maske zeigt etwas, was in Wirklichkeit nicht ist. Sie kann jedoch zum zweiten Gesicht werden und das Original zerstören. Auf einmal glaubt jemand selbst, was er sich zurechtspinnt.

Manche setzen auch Lügenmasken auf, weil sie Angst haben, ihr Gesicht zu verlieren. Oder sie versprechen sich größeren Erfolg, versuchen ihr Geltungsbedürfnis zu befriedigen, berufen sich auf die Mitmenschen, „die doch belogen werden wollen". In Einzelfällen kann die Lüge auch als Hilferuf verstanden werden oder eine Schutzfunktion haben.

In der Regel straft sich der Lügner jedoch selbst am meisten. Er gerät ins Schwitzen, weil er nervös und geistig verkrampft ist, nie wissend, wann er beim Lügen erwischt wird. Kurzfristige Erfolge führen zum langfristigen Nachteil eines kaputten und schwer wieder herstellbaren Vertrauensverhältnisses, wenn die Täuschung einmal durchschaut worden ist. Menschen, die versuchen, ohne Masken zu leben, müssen demgegenüber keine Wahrheitsfanatiker oder Tugendwächter sein. Vielmehr können sie ihren Gesichtern selbst treu sein; zu dem stehen, was sie sind, fühlen und denken. Solche Ehrlichkeit, Aufrichtigkeit und Wahrhaftigkeit sind nicht unbeholfen und schädigend, sondern heilsam und aufbauend, wenn sie mit Liebe gepaart sind. Solche Gesichter sind auch glaubwürdiger als die schönsten Masken.

Mitgefühl

Von dünner Haut und dickem Fell

Eine „dünne Haut“ erscheint vielen Menschen attraktiv und modern. Aber ist sie nicht auch überempfindlich und leicht zerstörbar? Ein „dickes Fell“ andererseits schützt vor Kälte und Angriffen. Aber läßt es nicht nur wenige Gefühle durch?

Es gibt Menschen, die weder „superempfindlich“ noch „abgebrüht“ sind. Sie kennen ein empfindsames, nicht empfindliches Mitgefühl. Sie können sich deshalb besser in andere Menschen hineinversetzen. Zum Beispiel in die Lage eines Schülers, den der Lehrer „auf dem Kieker“ hat. Der Junge kann sich abstrampeln, wie er will. Er ist „festgenagelt“, bis er schließlich nach dem Bild des Lehres geformt ist.

Oder können wir die seelischen Empfindungen eines Opfers nachempfinden, das zum Täter gemacht werden soll? Oder die eines Menschen, der hinter vorgehaltener Hand oder sogar offen verunglimpft und herabgesetzt wird? Gegen allgemeine Stimmungsmache und gehässige Unterstellungen erscheint ein einzelner Mensch machtlos. Heuchelei und Verlogenheit sind nur schwer zu entlarven. Und die Blauäuigkeit Außenstehender läßt nicht wenige auf den Leim „guter Argumente“ gehen.

Dennoch gibt es eine Macht in der Ohnmacht, wenn immer mehr Menschen beginnen, Herz zu zeigen und ihre Persönlichkeit zu entwickeln. Diese Menschen nehmen eine heillose Welt nicht einfach hin. Sie träumen auch nicht nur von einer heilen Welt. Wohl aber setzen sie sich für eine heilbare Welt ein, in der Menschen fairer, gerechter und menschlicher miteinander umgehen.

Wenn Christen mit gutem Beispiel vorangehen und menschlicher werden, dann werden auch immer mehr Menschen christlicher.

Streit

Die Sache mit dem Knoten

Wie löst man einen Knoten aus einem Seil? Oder: Wer fegt das Laub vom Bürgersteig? Kleinliche Zänkereien können den Traum von guter Nachbarschaft schnell beenden. Plötzlich sind aus Freunden Streithähne geworden, die verbissen und selbstgerecht an den beiden Enden des Seils ziehen. Der Knoten wird immer fester. Bösartigkeiten, Gerüchte und Intrigen vergiften das eigene und fremde Leben. Zuviel Streit ruiniert die Beziehung.

Wer andererseits einfach nachgibt oder den Knoten mißachtet, hemmt notwendige Veränderungen. Zuwenig Streit wird den unterschiedlichen Bedürfnissen, Wünschen und Interessen auch nicht gerecht. Was nicht ausgetragen wird, wird nachgetragen und in einem ganz anderen Zusammenhang „aufs Butterbrot geschmiert".

Ein Knoten, der einfach durchschnitten wird, schafft den nächsten Knoten. Beim Streit geht es um mehr als nur eine Meinungsverschiedenheit. Häufig spielen mitmenschliche Beziehungsfragen die entscheidende Rolle, die jedoch nicht mit einfachen „Hauruckmethoden" gelöst werden.

Wenn beide Seiten mit persönlichem Respekt voreinander und mit Geduld aufeinander zugehen, kann ein Knoten im Seil am ehesten entwirrt werden. Der Streit wird sogar fruchtbar, wenn die Kontrahenten versuchen, sich besser zu verstehen, sich mit Argumenten auseinanderzusetzen und unterschiedliche Wege der Lösung anzuerkennen. Neue Einsichten, an die vorher niemand gedacht hat, können im Gespräch gewonnen werden.

Wer die versöhnende Kraft des Evangeliums selbst erfahren hat, kann es sich sogar leisten, den ersten Schritt zu tun.

Neid

Zum Glück führen viele Wege

Er ist allgegenwärtig und mächtig. Reich an Widersprüchen, gefällt er sich in allerlei Gestalten. Nicht selten versteckt er sich hinter der verlogenen Maskerade der Bescheidenheit. Seine Augen jedoch verraten ihn, da sein Blick nicht offen ist. Der Neidische will – ohne selbst durchschaut zu werden – sehen.

Schielend vergleicht er die eigene Situation mit der des anderen. Er wägt und mißt, bohrt und fragt einseitig: Warum ist mir das nicht vergönnt? Warum komme ich immer zu kurz? Er leidet unter Verdiensten und Erfolgen anderer. Aber leidet er nicht auch unter seiner Unzufriedenheit und seinen Minderwertigkeitsgefühlen?

Wie mit einer Lupe ist er ständig auf der Suche nach dem Haar in der Suppe des Beneideten. Er übertreibt und läßt am anderen kein gutes Haar. Aber könnte in seiner Kritiksucht nicht auch eine geheime Bewunderung zum Ausdruck kommen? Vor allem: Spiegelt sein verächtliches Naserümpfen nicht auch seine innere Leere und Einsamkeit wider?

Ängstlich auf seinen eigenen Vorteil bedacht, überwacht er die Möglichkeiten des anderen. Mit Argusaugen betrachtet er Menschen, die engagierter und ideenreicher sind. Aber führt das nicht zum Schaden der Allgemeinheit, wenn nicht wenige ihre Gaben und Talente aus Angst vor den „bösen Blicken“ verbergen oder sogar brach liegen lassen?

Jeder sollte deshalb seine Neidanfälligkeit überwinden, indem er verschiedene Wege zum Glück bejaht. Jeder sollte das Seine bekommen (dürfen). Das ist im Sinne Gottes, der den Neid mißachtet, den Neidischen aber mit liebenden Augen betrachtet. Gott will ihm strahlende Augen schenken, ein neues Herz, das mitleiden, sich aber auch mitfreuen kann.

Verantwortung

Welche Saite bringt die Wende?

Gehört es zum guten Ton, sich nicht „einspannen" zu lassen? Manche rühren für ihre Mitmenschen und die Allgemeinheit keinen Finger. Stattdessen verstecken sie sich lieber in der Masse und lassen sich bedienen. Daß sie auf Kosten anderer leben, ist ihnen kaum bewußt. Wer nur an sich und sein privates Glück denkt, vergißt die Gemeinschaft, in und von der er lebt und für die er vor allem gebraucht wird.

Ichbezogenes Verhalten erinnert an sie Saite, die sich nicht einspannen lassen wollte.Sie wollte sich im Alleingang verwirklichen. An der Geige und den anderen Saiten hatte sie viel auszusetzen, auch wenn sie andererseits ihre „Wohltaten" gerne in Anspruch nahm. Doch sie wurde nicht freier, sondern abhängiger von ihren Launen, immer einsamer und unglücklicher. Erst als sie aus Einsicht und in freier Entscheidung sich bereiterklärte, sich einspannen zu lassen, kam die Wende. Jemand hatte sie überzeugt: „In dir steckt etwas, was du entdecken kannst, wenn du für andere da bist."

Wer verantwortungslos lebt, zum Beispiel Töne der Selbstsucht und des Hasses anstimmt, „überhört" die möglichen Folgen: Wer weiß, ob er die Geige des Lebens, die er verstimmt, nicht eines Tages selber spielen muß? Wer verantwortungsbewußt lebt, kann Rede und Antwort stehen, warum er etwas tut oder unterläßt.

Wer Verantwortung vor Gott wahrnimmt, der läßt sich nicht unkritisch, sondern positiv „einspannen". Auf der Geige des Lebens ertönt bei allen schrägen Tönen plötzlich die Melodie der Liebe und des Einsatzes für andere. Solche mutigen Töne, die Vertrauen und Anerkennung verdienen, können nicht überhört werden.

Beweglichkeit

Wider das Denken in „Schubfächern"

Schubfächer können eine große Hilfe sein. Sie ermöglichen Ordnung und Übersicht. Bestimmte Dinge lassen sich schneller wiederfinden. Von Zeit zu Zeit ist es wichtig, ihre Inhalte zu sichten und Platz für Neues zu schaffen, damit eines Tages nicht doch noch ein Durcheinander entsteht. Auch unsere persönlichen Überzeugungen, die wir in die offenen Schubfächer unseres Fühlens, Denken und Handelns einsortiert haben, sollten von Zeit zu Zeit selbstkritisch hinterfragt werden. Sonst entstehen Vorurteile; sind verstaubte und ständig verschlossene Schubfächer die Folge.

Zum Beispiel: „Alte Menschen sind verkalkt. Trau keinem über 30." Demgegenüber ein anderer: „Junge Menschen sind unerfahren. Trau keinem unter 30." Als wenn es nicht junge Alte gäbe, die beweglich im Denken sind – und alte Junge, die rechthaberisch und borniert sind.

Es ist einfach, seinen Mitmenschen in ein „geschlossenes Schubfach" zu stecken. Aber es ist gleichzeitig unfair, ungerecht, kann wehtun und verletzen. Da strampelt sich jemand ab, wie er will. Er kommt aus so einem Schubfach nicht heraus, da „Typisches" immer gesehen und „Untypisches" immer Übersehen wird. Wer demgegenüber das Schubfächer-Denken überwindet, gewinnt neue Einblicke in die lebendige Vielfalt der Wirklichkeit. Der kann seine persönlichen Überzeugungen besser und sachlicher begründen. Bei dem führt die neue Beweglichkeit im Kopf und Herz zu neuen Begegnungen.

Aus dem Holz eines geschlossenen Schubfachs wird ein Kreuz, das Zeichen der grenzenlosen Liebe Gottes, vor dem viel Platz für neue Entdeckungen ist.

Zeit

Auch der Hamster leistet etwas

Auch der Hamster im Laufrad leistet etwas. Er strampelt sich ab und gibt sich alle Mühe. Aber er bleibt dabei immer auf einer Stelle. Das Rad, das sich bewegt, dreht sich nur um sich selbst.

Manche Menschen, die niemals Zeit haben, sind wie solche Hamster. Hektisch, gehetzt, atemlos. Immer geschäftig und betriebsam. Sie können und wissen auch vieles, scheinen unentbehrlich, drängen auf beeindruckende Perfektion. Aber sie entdecken nie die Tiefe und Fülle ihres Lebens. Dazu brauchten sie Besinnungspausen, die Zeit zum Nachdenken, zum Umdenken.

Leute, die am Tage auch stille Zeit haben, können mehr leisten, weil sie Herr und nicht Sklave ihrer Zeit sind. Sie leben (verantwortungs-)bewußter und werden nicht gelebt. Sie können mit der eigenen Zeit souveräner umgehen, Wichtiges von Unwichtigem unterscheiden, Schwerpunkte setzen, nein sagen und Unangenehmes als erstes erleben. Wenn die Lebenszeit einmalig, wertvoll und begrenzt ist, dann nimmt sich gerade ein aktiver Mensch auch Zeit für sich selbst und für den Nächsten. Mitten in der Unruhe können Körper, Geist und Seele zur Ruhe kommen und neue Lebenskräfte wachgerufen werden.

Manche entdecken auch den Geber ihrer Zeit, der auf ewig bleibt. In seinen Händen stehen nicht nur Anfang und Ende, sondern auch die Mitte unserer Zeit. Wer in dieser inneren Mitte ruht, tritt nicht auf der Stelle, sondern erlebt sein Leben neu, hat Zeit zum Leben.

Würde

Jeder Mensch: Einzigartig und nicht vergleichbar!

Ohne die Sonne gäbe es kein Leben auf der Erde. Doch was wissen wir sonst noch über die Sonne? Die Würde des Menschen ist das unantastbare Lebenslicht einer menschlichen Gesellschaft. Aber ist uns das immer bewußt?

Die Sonne ist zwar weit weg, doch in ihren Strahlen so beglükkend nah. Wenn die Aussage von der Würde des Menschen am weiten Horizont erscheint, hat sie immer auch eine konkrete Bedeutung für das jeweilige Alltagsleben. Wie gehe ich beispielsweise mit ungeborenen Kindern, mit kranken, sterbenden oder behinderten Menschen um? Vorurteilslos, verständnisvoll, hilfsbereit, annehmend?

Jeder Mensch, in welcher Lebenslage er sich auch befindet, ist einzigartig, nicht wiederholbar, nicht vergleichbar, von Anfang an eine unendliche geliebte Person mit der Möglichkeit einer ganz persönlichen Entwicklung.

Wer in seinem Alltag scheitert oder versagt, verunglückt oder mißhandelt wird, ist und bleibt von dem bejaht, der ihm sein Leben geschenkt hat. Wer im Alltag Erfolg und Glück erfährt, wird in diesem Lichte nicht überheblich, sondern dankbar dem Erhalter seines Lebens gegenüber.

Ein Mensch kann den Kopf in den Sand stecken, vor der Sonne weglaufen oder nur im Finstern leben. Die Sonne, die geschenkte Würde wird er nicht los.

Wer das Fenster zum Glauben an das Licht der Welt schließt, der öffnet die Tür für den Mißbrauch, bestimmten Menschen die Würde abzusprechen. Wer das Fenster zum christlichen Glauben offenhält, der achtet das Leben und trägt persönlich Verantwortung vor Gott für den Schutz gefährdeten Lebens. Viele solcher Sonnen erhellen auch die größte Finsternis. Und eine Sonne ist bedeutsamer als alle Macht einer Finsternis.

Besonnenheit

Die Angst hat als Warner auch eine positive Seite

Neue Besonnenheit kann von alter Wehleidigkeit befreien. Im Bündnis mit Gelassenheit und Geborgenheit ist die Besonnenheit stärker als die Angst. Als ständiger Warner hat die Angst auch eine positive Seite. „Aus Angst, ins Gefängnis zu kommen, mache ich beim geplanten Banküberfall nicht mit", beichtete jemand. Vor allem jedoch im Alltagsleben kann die Angst ethische Aufmerksamkeit und das Einhalten von allgemeinen Regeln und Gesetzen bewirken.

Allerdings sperrt die Angst als unheimlicher Herrscher den Menschen in ein enges Gefängnis ein. Verstand und Willen sind dann unbeweglich und unfrei. Hilfslose Panikreaktionen, vergebliche Fluchtversuche, blinde Aggressionen, aber auch stille Resignation können die Folge sein.

Welche Möglichkeiten gibt es, aus dem Gefängnis der Angst herauszukommen oder im Gefängnis der Angst echte Befreiung zu erfahren?

Die Angst sollte nicht verdrängt oder betäubt, sondern ernstgenommen und ausgesprochen werden. Was erkannt und benannt ist, verliert seine Unheimlichkeit. Wer sich darüberhinaus realistisch mit den Ursachen, Auslösern und Hintergründen der Angst auseinandersetzt, gewinnt eine innere Distanz zu der Gefühlsherrschaft der Angst. Um welche Angst handelt es sich? Vor dem Alter, der Krankheit, dem Tod oder etwa dem Leben? Geht es um eine Angst in einer Krise, vor einem oder um einen Menschen? Ist die Angst berechtigt, echt oder geschürt, manipuliert? Gehört in einer konkreten Situation das Behaupten von Angst vielleicht zum guten Ton? Existiert eine Bedrohung überhaupt, oder ist sie nur eingeredet worden? Muß man eigentlich Angst haben, weil andere Angstbekenntnisse fordern?

Echte Befreiung von und in der Angst kann der erfahren, der sein Selbstvertrauen durch neues Gottvertrauen wiederfindet. Die Gottesgewißheit befähigt den Christen, im Gefängnis seiner Angst besonnen zu handelt, in den Raum der Freiheit und Verantwortung durch die von Gott geöffnete Tür zu treten, um sich für Menschenrechte und christliche Werte einzusetzen. Zur Ängstlichkeit der Angsthasen und zum unüberlegten Heldentum der Empfindungslosen gibt es eine glaubwürdige Alternative: Das besonnene Handeln, das sich mit aktiver Gelassenheit und vertrauensvoller Geborgenheit verbündet.

Gebete

Gebete helfen weiter, wo sonst nichts weiterhilft

Voller Angst und Sorge fragte jemand: „Wie soll das weitergehen?“ Einer antwortete: „Jetzt hilft nur noch beten.“ Angesichts von Haß, Fanatismus und Heuchelei sind viele betroffen und wie gelähmt. Ein Diktator paßt nicht in das Weltbild von Demokraten und zivilisierten Menschen. Kann in einer solchen Situation, in der ein Tyrann unberechenbar und machthungrig Menschenrechte mit Füßen tritt, ein Gebet helfen? Ist es nicht überflüssig, nur ein religiöses Beruhigungsmittel, oder eine Flucht in eine Märchenwelt?

Manche meinen, ein Gebet sei nur etwas für „naive Gemüter“. Andere beten und sammeln im Gebet überraschende Entdeckungen. Einem Betenden können die Augen geöffnet werden. In seiner Wüste der Fragen und Zweifel wächst die Oase neuer Einsichten und Gewißheiten. Er lernt, den Mißbrauch des Namen Gottes zu durchschauen und verwüstete Oasen hinter sich zu lassen. Indem er betet, wird er befähigt, sich kritisch mit Ersatz- und Nebengöttern, die seine Vernunft vernebeln wollen, realistisch auseinanderzusetzen.

Dem Beter können auch heilende Kräfte zufließen. Ein intensiver Beter kann Neuanfänge des wachsenden Vertrauens finden. Seine Gebete werden erhört, indem er selbst erneuert wird. Und zwar so, daß in seiner Schwäche die Gewißheit stark wird, in Gott geborgen zu sein, was auch immer kommen mag. In der Wüste der Angst kann eine Oase des Vertrauens und der Kraft entstehen, die zu neuer Verantwortung vor Gott und den Mitmenschen ermutigt.

Wer auf den christlichen Gott vertraut, setzt darauf, daß Gott Herzen und Köpfe bewegen, auch durch Menschen Tyrannen vom Thron stürzen, ja, in der Würste neues Lebens schaffen kann.

Gebete helfen deshalb weiter, wo sonst nichts weiterhilft.

Freundschaft

Selig kann sich schätzen, der Gott zum Freunde hat

Glücklich kann sich der nennen, der echte Freunde hat. Sie fallen nicht von Himmel und sind doch ein Geschenk des Himmels.

Etliche Scheffel Salz, Interessen, Werte, Bildung allein stiften noch keine Freundschaft. Erst durch gemeinsame Erfahrungen wird die Gewißheit gewonnen: „Wir sind miteinander befreundet.“

Freundschaft ist weder herstell- noch beschwörbar. Das zweckfreie Gefühl seelischer Verbundenheit lebt vor allem von den Geschenken der Sympathie und des Vertrauens. Freunde können es sich leisten, „ungeschminkt“ ihre Meinung zu sagen. Wer ehrlich und zugleich verschwiegen und verständnisvoll ist, dem wird eher etwas anvertraut. Fehler und Schwächen, freundschaftlich betrachtet, können dann leichter überwunden, Neuanfänge besser gewagt werden.

Vor allem bewährt sich eine echte Freundschaft in der Not. Freunde gehen durch „dick und dünn“, halten zusammen und sind bereit, den anderen zu verteidigen, wenn er angegriffen wird. Freunde flüchten nicht vor Tälern. Sie stecken im Tal auch nicht den Kopf in den Sand. Als Wegbegleiter helfen sie vielmehr durch ein Tal hindurch. Auch Mose hat nicht nur Höhen in seinem Leben erfahren. Vor allem redete Gott mit ihm „wie mit einem Freunde“.

Dieser Gott kann auch heute noch zu Menschen sprechen, nämlich durch seine Freunde. Sie spiegeln seine Liebe wider, die allerdings auch den Unsympathischen und Feinden gilt. Das Ziel dieser göttlichen Liebe ist die Freundschaft mit allen Menschen. Selig ist der, der Gott zum Freunde hat.

Der Einzelne

Steter Tropfen höhlt den Stein

Wenn viele Menschen am Strang des Lebens ziehen, wird auch vieles bewegt. Drückebergerei, die häufig das Ergebnis von Angst und schlechten Erfahrungen ist, bedeutet demgegenüber Stillstand oder sogar Rückschritt. Manchmal beschäftigen sich auch Mitmenschen mit großen Fragen, damit sie keine Zeit mehr für die wichtigen kleinen Fragen des Lebens haben, die sie beantworten könnten. Diese getarnte Drückebergerei ist dann eine bewußte oder unbewußte Flucht vor der höchst persönlichen Verantwortung im Blick zum Beispiel auf die Not in den eigenen vier Wänden oder vor der eigenen Haustür.

„Aber was kann denn schon der einzelne tun?" fragte jemand. Unabhängig davon, ob diese Frage heuchlerisch oder ehrlich gemeint ist, trifft es zu, daß in den verschiedenen Lebensbereichen der einzelne unterschiedlich viel, wenig oder gar nichts bewirken kann. In der Naturwissenschaft, Literatur, Malerei, Musik, im beruflichen, gesellschaftlichen, politischen oder privaten Leben gibt es jeweils unterschiedliche Bewegungsfreiheiten und Einflußmöglichkeiten. Selbst wenn der einzelne beispielsweise in der Politik tätig sein will, wozu die politische Klasse in der Öffentlichkeit regelmäßig insbesondere vor Wahlen aufruft, braucht er sich nicht zu wundern, ohne überzeugende Gründe vor verschlossenen (Vorstands-)Türen zu stehen, da demokratische Fürsten und ihr Gefolge lieber unter sich bleiben wollen. Aber vielleicht gerade deshalb sollte der einzelne das wenige tun, was er kann; mutig, gezielt und ausdauernd. Denn steter Tropfen höhlt bekanntlich den Stein. Und was vermag eine Maschine, wenn sie im Volldampf läuft, ihr aber die einzelnen Zahnrädchen fehlen? Auf Dauer wird jede Organisation und Einrichtung ohne den einzelnen und seinen persönlichen Einsatz nur ins Leere laufen.

Wer nicht den ersten Schritt wagt, darf sich nicht beklagen, daß der zweite Schritt nie möglich wird. Und ein langer Weg beginnt immer mit dem ersten Schritt. Dann jedoch kann der einzelne auf dem Weg Mitstreiter finden, um die großen Fragen des Lebens in den kleinen Fragen und die kleinen in den großen Herausforderungen gemeinsam zu beantworten.

Wenn immer mehr Menschen versuchen, den Karren aus dem Dreck zu ziehen, ist man dem Licht am Ende des Tunnels bereits näher gekommen.

Dienst

Sinnvoll dienen

Eine bestimmte Art des Dienens hat Hochkonjunktur, wenn der Einfluß auf dem Jahrmarkt der Eitelkeiten und des Erfolges vergrößert werden soll. Manche erniedrigen sich dann mit gebeugtem Rücken und gesenkten Augen, um anschließend erhöht zu werden. In der Regel jedoch scheint das Dienen – welcher Art auch immer – aus der Mode gekommen zu sein. In dem Supermarkt des Lebens läßt man sich lieber be-dienen oder ver-dient nur für den eigenen Konsum, Komfort oder die persönliche Lustvermehrung.

Wer allerdings unterwürfig „dient", wird schnell von Launen und Willkür abhängig, unmündig und unfrei. Und wer selbstsüchtig „dient", dreht sich immer nur im Kreis, wird schwindelig und verliert die Orientierung. Sinnvolles Dienen ist demgegenüber die mitmenschliche Fähigkeit, auf einen anderen vorurteilsfrei und offen zuzugehen, mit ihm menschlich umzugehen und eine Gemeinschaft einzugehen. Dies muß keine schlichte Betreuung bedeuten, sondern kann die Befähigung zum gegenseitigen Dienst als Ergänzung und Korrektiv zum Ziele haben.

Zum sinnvollen Dienen gehört auch die personale Fähigkeit, vertrauenswürdig zu sein. Vertrauen – nicht naive Blauäugigkeit – wächst, wenn nicht geheuchelt, sondern wenn ehrlich und mit fachlicher Kompetenz gedient wird. Mit gutem Beispiel geht der voran, der einen Vertrauensvorschuß wagt.

Sinnvolles Dienen wird jedoch erst dann glaubwürdig, wenn der persönliche Einsatz hinzukommt. Nur wenn das eigene Herz voll ist, kann der Mund auch auf Dauer darüber sprechen. Nur Überzeugte können überzeugen. Alles andere ist nur Überredung oder Job-Denken.

Jeder Dienst ist endlich und fehlerhaft. Darum ist es gut, etwas von der Gnade des Gottes zu wissen, der mit dem Geschenk des Lebens zuerst gedient hat und den Dienst als dankbare Freude, als Dien-Mut erfahren läßt. Das ist etwas, was die menschliche Konjunktur wieder auf Trab bringt.

Neuanfang

Sehnsucht nach dem Neuanfang

Eine Frau wollte mich sprechen. Nach einer kurzen Begrüßung gab sie sich einen Ruck und erzählte mir mit Tränen in den Augen von einer „persönlichen Schuld“, die sie vor vielen, vielen Jahren an ihrem Mann begangen habe. Da ihr Mann jedoch vor langer Zeit verstorben war, konnte sie mit ihm darüber nicht mehr reden. Ich versuchte, sie so gut es ging zu trösten. Doch das reichte ihr offenbar nicht aus. Sie bat mich, mit ihr zu beten. Als ich damit begann, kniete sie plötzlich nieder, faltete die Hände, weinte bitterlich und sprach jeden Satz, den ich sagte, mit zitternder Stimme nach. Ich verspürte langsam und immer mehr, daß die Frau sich nach einem „inneren Licht“ in ihrer persönlichen Dunkelheit sehnte. Deshalb schloß ich: „Im Namen Jesu Christi. Dir ist vergeben. Gott selbst schenkt dir einen Neuanfang.“ Wie verwandelt sprang die Frau auf, ihr Gesicht strahlte, sie ergriff meine Hand, bedankte sich und verabschiedete sich mit strahlenden und glücklichen Augen.

Ich habe lange über diese Begegnung nachgedacht. Diese Frau war keine schwärmerische Frömmlerin, die sich selbst betrog. Sie ist vielmehr das Wagnis des persönlichen Vertrauens, des Anvertrauens und des Zutrauens, eingegangen. Sie hat den christlichen Glauben als eine konkrete Lebenshilfe erfahren. Sie kann jetzt ihr Leben unbeschwerter und in einem neuen Licht weiterführen.

Dieses Erlebnis muß keine Ausnahme vergangener und heute überholter Frömmigkeit bleiben. Viele sehnen sich insgeheim nach echten Neuanfängen, nach einem vertiefteren Leben, nach Sinn und Heil über den Tellerrand des Alltags hinaus.

Wenn Moralisten kein Ohr mehr finden und Gleichgültige kein Ohr mehr haben, schlägt die Stunde der Seelsorger, der hörbereiten Geburtshelfer zum neuen Leben. Und jeder, auch der seinem Mitmenschen sein Ohr leiht, braucht in seinem Leben das offene Ohr, die liebenden Augen und die erneuernde und frohmachende Stimme Gottes.

Heimat

Mehr als Kindheit

Wer seine Heimat liebt, muß die Welt nicht hassen. Und wer weltoffen ist, kann auch seine Heimatliebe wachhalten.

Das einseitige Gefühl jedoch, im Vertrauten verharren und sich gegen alles Unvertraute abgrenzen zu müssen, verstockt die Seele. Weltanschauliche, aber auch schwärmerische Heimattümmelei engt den eigenen Horizont ein, macht blind für die Vielfalt und den Reichtum des Lebens.

Andererseits verliert auch der sogenannte Fortschrittsgläubige, der über das Heimatbewußtsein anderer lacht und sich erhebt, schnell seine Menschlichkeit. Diese Heimatlosigkeit des Nur-Weltbürgers ist wie ein Kaugummi, das zunächst schmecken kann, aber bald darauf fad und ungenießbar wird.

Wer Heimat und Welt miteinander zu verbinden sucht, gewinnt in der Verwurzelung und im Bewährten die Kraft zur Offenheit und zum Neuen. Der entdeckt das wirklich Große im Kleinen, wo er sich zu Hause fühlt, Geborgenheit und Sinnerfüllung erfährt - zum Beispiel im Blick auf Menschen, Orte, Jahreszeiten, Musik, Bücher. Und er kann in der fremden und anderen Welt das überschaubar Kleine neu bedenken und sich gerade deshalb intensiver zum Beispiel für die Förderung der Heimatpflege, des Naturschutzes, der Volkskunst und des Brauchtums einsetzen.

Heimat ist mehr als die Kindheit und die Bodenständigkeit, mehr als der Geburts- und Wohnort, mehr als die Sicherheit, Schutz und Ordnung. Sie weist über den kulturellen Ort mit der „Muttersprache" hinaus. Heimat ist nicht nur dort, woher ich komme, sondern auch dort, wohin ich gehe. Sie ist wie die Nahrung, die ich empfangen habe, die mich stark gemacht hat und die mich auf meinem Lebensweg immer neu stärkt. So kann ich auf dem Weg neue Heimat finden.

Da für den (Gott-)Vertrauenden Gott selbst nicht nur zu (Neu-)Aufbrüchen befähigt und ermutigt, sondern auch unsichtbar mitgeht, weiß er sich auch in der Fremde aufgehoben und in Gott beheimatet.

Tischgebet

Gewinn für viele

(K) ein Thema?! Warum sollte denn bei der Familienfeier ein Tischgebet gesprochen werden? Um die Mahlzeit religiös zu verzieren? Um gedankenlos zu schwätzen oder um demonstrativ zu heucheln? Wie könnte das auf andere wirken? Und überhaupt: Sollten überholte Zöpfe nicht konsequent abgeschnitten werden? „Seitdem meine Oma tot ist, wird bei uns vor dem Essen nicht mehr gebetet." Und einem anderen Gesprächsteilnehmer wird bewußt: „Früher haben wir ab und zu gebetet. Doch dann war das Tischgebet plötzlich eingeschlafen. Keiner hat daran Anstoß genommen."

Das Tischgebet ist jedoch nicht nur ein Vorrecht für wenige fromme Menschen. Recht gebraucht kann es auch ein besonderer Gewinn für viele sein.

Wer für einen Augenblick über den Tellerrand der eigenen Bedürfnisbefriedigung in sich hineinblickt, entdeckt die übrigen Teilnehmer einer Mahlzeit in einem neuen Licht. Das Tischgebet kann zu einer guten Atmosphäre und zum Betonen der Gemeinsamkeiten bei allen Unterschieden beitragen.

Wer den Körper zunächst einmal zur Ruhe kommen läßt, wird daran erinnert, daß es nicht gesund ist, das Essen hastig und lieblos runterzuschlucken. Ein Arzt hat einmal zu Recht provozierend festgestellt: „Wo das Tischgebet aufhört, da fängt häufig das Magengeschwür an."

Wer im Tischgebet innehält, gibt seiner „Seele" eine Chance, den „Körper" einzuholen. Wenigstens zeichenhaft wird der gehetzte und flüchtende Mensch darauf aufmerksam gemacht, daß er eine gewachsene „Einheit" ist, die auch „geistige und geistliche Nahrung" braucht.

Das Tischgebet ist allerdings mehr als ein soziales, körperliches und seelisches Instrument. Menschen leben dann nicht nur bewußter, sondern wissen sich in aller Aktivität immer zugleich als Empfangene. Als lebendiges Signal gegen die Gottvergeßlichkeit unserer Zeit lädt es ein, sich von Gott dem Geber aller guten Gaben wiederentdecken zu lassen. D a s Thema in allen Themen unserer (Lebens-)Tage.

Innenleben

Das Innere ordnen, die Weite finden

Die Pflege des Außenlebens liegt vielen Menschen am Herzen. Sie setzten sich mit viel Fleiß und Mühe für gute Arbeits-, Wohn- und Lebensbedingungen ein. Die Gestaltung der äußeren Umwelt ist ihnen so wichtig, daß sie auch viel (Lebens-) Zeit dafür opfern. Sie können sich (noch) über Blumen und Pflanzen freuen, die grünen und blühen.

Aber was tun diese Menschen für die Pflege ihres Innenlebens? Was tun wir, wenn unsere Gefühle verkümmern, verwüsten oder durcheinandergeraten? Schnell können lieblose, kleinliche, neidische, hochmütige oder aggressive Gefühle die Oberhand gewinnen.

Es gibt dann die Möglichkeit, sich möglichst nichts anmerken zu lassen. Manche versuchen auch, sich selbst zu täuschen oder ihre Gefühle zu unterdrücken. Nicht wenige können sich nicht beherrschen und lassen ihren Gefühlswallungen freien Lauf.

Alle diese Wege führen auf Dauer in die Sackgasse der Einsamkeit oder an den Abgrund der Sinnlosigkeit. Wer demgegenüber sein Inneres geordnet hat und pflegt, kann auch seine Außenkontakte besser gestalten. Die Person, die dabei neu danken lernt, leistet einen ersten aufbauenden Beitrag für die Neugestaltung seines inneren und äußeren Lebens. Wer zudem den neuen Schritt des Betens lernt, läßt Altes los, um Neues zu empfangen. Wer schließlich neu hören lernt, kann im Vertrauen auf die gute Nachricht der unsichtbaren, aber als annehmende Liebe erfahrbaren Hand Gottes die Kraft zum glaubwürdigen Leben geschenkt bekommen. Der erlebt die Einheit von Körper, Seele, Geist und sozialer Mitwelt ganz neu. Bei aller notwendigen (Vor-)Sorge um das Außenleben sollte keiner die um das Innenleben vergessen, weil nur beides zusammen Zukunft in Frieden und persöhnlicher Freiheit eröffnet. Wer sich die Zeit nimmt, sein Inneres zu ordnen, findet dort eine Weite, die die äußere Enge überwindet.

Krisen

Motor und Rettungsring

Ihm stand das Wasser bis zum Halse. Verzweifelt fragte er: „Wer bin ich überhaupt?" Nur ein Versager? Eine nichtssagende Nummer? Ein austauschbares Rädchen im Getriebe? Ein nicht ernstgenommener Faktor im Machtkalkül? Ein schlechter Familienvater und naiver Ehemann? Fragen über Fragen gingen durch seinen Kopf und legten sich schwer auf sein Gemüt. Wie sollte er mit seiner Krise fertigwerden?

„Die eigentliche Wende kam, als ich neu zu mir gefunden hatte", sagte er rückschauend. „Als ich ins Schwimmen geraten war, half mir ein besonderer Rettungsring, an dem ich mich festhalten konnte." Ich wurde neugierig. Waren das nur schöne Worte eines Phantasten? Aber dann erzählte er mir von einem „Lebenskampf", an dessem Ende die Gewißheit stand, angenommen zu sein und sich deshalb auch selbst annehmen zu dürfen. Genau an seinem „Ende" wuchs der Anfang einer neuen Entdekkung: Ich bin mehr als ein Hund, den man wegjagd oder der jedem (Erfolgs-)Zug bellend hinterherläuft und ihn doch nicht erreicht. Ich bin auch mehr als ein Hase, der ängstlich vor Problemen davonläuft und sich hinter einem Gestrüpp der Moral, einer Gruppe oder einer Einrichtung versteckt. Ich bin und bleibe auch in einer Notsituation von meinem Schöpfer bejaht. Mir wird für mein und anderes Leben Verantwortung zugetraut. Und wenn ich sie zur Zeit nicht richtig wahrnehmen kann, muß ich nicht in der Untiefe der Sinnlosigkeit ertrinken, sondern weiß mich getragen und ertragen vom Wasser des Lebens. Ich darf sein wie ein weiser Fisch, der vom Wasser her kommt, eines Tages zum Wasser zurückkehrt und jetzt vom Wasser lebt, obwohl er es nicht sieht. Mir wird die neue Kraft geschenkt, das Unabänderliche anzunehmen, das Änderliche in Angriff zu nehmen. Die Kunst, beides immer wieder neu zu unterscheiden, kann ich lernen. Diese (Glaubens-)Erfahrung ist kein frommer Luxus, keine romantische Traditionspflege und auch keine Bremse der Vernunft, sondern mitten in der Krise ein Motor der Lebenshilfe. Der Rettungsring der frohmachenden Liebe Gottes.

Betriebsfrieden

Alle in einem Boot

Ein Betrieb kann schnell in Untiefen geraten, wenn er führungslos geworden ist. Zum ziellosen Durchwursteln und gleichgültigen Nebeneinander paart sich nicht selten ein unterschwelliges Gerangel um Macht, Einfluß und Positionen. Das offene und feindselige Gegeneinander läßt dann nicht lange auf sich warten und begünstigt pöbelhaftes Verhalten. Unliebsame Personen, gerade weil sie besonders tüchtig und fähig sind, werden aus dem Unternehmen herausgeekelt oder solange gepiesackt, bis sie von selbst gehen.

Eine autoritäre Leitung kann den Betriebsfrieden nur äußerlich und zeitlich begrenzt schaffen; der innere Unfrieden, die Unzufriedenheit, die Antriebsschwächen und die Freudlosigkeit bleiben bestehen. Wenn sich Mitarbeiter nur als unmündige Befehlsempfänger und unselbständige Untertanen erleben, sind ihre schöpferischen Leistungskräfte gelähmt und das Job-Denken und die Gleichgültigkeit breiten sich aus.

Kann das Leitbild einer „Dienstgemeinschaft“ den Betriebsalltag zum Positiven verändern? Eine Leitung, der es gelingt, sowohl das Handeln ohne ethische Betriebsziele als auch den autoritären Gehorsamskult zu überwinden, eröffnet eine neue Gesprächs- und Verantwortungskultur, die im vorurteilsfreien Miteinander und sachlichen Füreinander, in der gemeinsamen Suche nach der Verwirklichung der gemeinsamen Ziele wächst. Konflikte werden fair und versöhnlich ausgetragen, nicht nachgetragen. Nicht die Position und Besserwisserei, sondern letztlich die Argumentation und das gemeinsame Dazulernen bringen den Durchbruch. Der Mitarbeiter ist im Rahmen seines Auftrages selbständig und eigenverantwortlich, Mit- und Vordenker. Der Chef ist kein Despot oder Detailkrämer, sondern zusammenführender Ratgeber und durchsetzungsfähiger Leiter. Da alle in einem Boot sitzen, tragen auch alle eine Mitverantwortung beim Bau des Bootes. Voraussetzung für einen klaren Kurs ist jedoch, daß die Sehnsucht aller nach dem Meer, nach der Verwirklichung der Ziele, Werte und Grundsätze des Betriebes immer wieder neu geweckt werden.

Kirchlicher Traum

Der Traum, die Wirklichkeit zu ändern

Gute Träume können ermutigen, die Wirklichkeit zu ändern. Ich habe einen „kirchlichen Traum“:

Die Kirche gibt Orientierung in der Vielfalt der Wertangebote unserer Zeit und versucht nicht, Gemeindeglieder und die Öffentlichkeit zu bevormunden. Die Kirche ist eine geistliche Heimat aller Heimatlosen und stellt keine in sich selbst verliebte Idylle dar. Sie nimmt die Menschen mit ihren Bedürfnissen ernst und schafft keine einfach austauschbaren Programme. Sie hat mit ihren sozialen und diakonischen Aktivitäten ein fachliches und kirchlich-christliches Profil und betreibt keinen Etikettenschwindel.

Die Kirche Jesu Christi ist wie eine Insel mit vielfältigem, buntem Leben, vor allem mit vielen Brücken zum Festland.

Hier herrscht ein *menschliches* Klima. Der einzelne wird nicht in „rechte“ oder „linke“ Schubläden sortiert, sondern so angenommen wie er ist. Alle treffen sich unter dem Kreuz der liebenden Zuwendung und Versöhnung Gottes. Harmonie und Konflikt werden durch versöhnte Unterschiede mit dem Ziel der Neuanfänge und der gemeinsamen Entwicklungsmöglichkeiten überwunden.

Hier herrscht ein *menschliches* Klima. Niemand muß sich im Gremiendschungel der Amtskirche verlaufen. Ihre Vertreter und Mitarbeiter sind auch nicht nur mit sich selbst beschäftigt oder damit, sympathische Personen oder Gesinnungsfreunde um sich herum zu sammeln. Gegenseitiger Dienst und der Dienst des Brückenbaus bilden eine Einheit.

Hier herrscht ein *geistliches* Klima. Das Unsichtbare – die Gewißheit, in Gott geborgen zu sein und der persönliche Glaube an Jesus Christus – wird im Menschlichen und Mitmenschlichen sichtbar; das Sichtbare – diakonische Angebote – verweist auf das unsichtbar Göttliche.

Eine Stadt – das Festland - mit solchen möglichen „Inselerfahrungen“ ist keine Stadt ohne Gott, in der alles erlaubt ist und Haß und Liebe nicht mehr unterschieden werden. Und auch keine Stadt der vielen Götter, in der sich letztlich jeder an die Stelle Gottes setzt. In einer Stadt mit Gott hat es jeder einzelne mit in der Hand, ob neue Lebensräume erfahrbar sind, ob der Traum wahr wird. Die neue Wirklichkeit jedenfalls nimmt der Traum bereits vorweg.

Und der Traum von heute kann die Wirklichkeit von morgen sein.

Kinder

Vorbild der Kinder

Kinder brauchen Erwachsene; Erwachsene brauchen aber auch das Vorbild der Kinder.

In manchen Gesprächen wollen es Kinder ganz genau wissen. Es kann sogar unangenehm werden, wenn man ein „Loch in den Bauch" gefragt bekommt. Doch die Grundhaltung dieser Neugierde ist auch für Erwachsene wichtig. Wer das Leben fragend ergründet, wird sprach- und lebensfähig, entdeckt immer wieder Antworten, neue und vielfältige Möglichkeiten, sowie den Reichtum und die Herausforderungen neuer Lebensräume.

Kinder können zudem sehr ehrlich und aufrichtig sein. „Papa, du hast doch selbst gesagt, daß Rauchen ungesund ist", erinnerte der Sohn seinen Vater an den Grundsatz, den er „eigentlich" vertritt. Auch „erziehen" Kinder ihre Eltern zum eindeutigen Sprechen. Denn die zweudeutige Kritik des Vaters über eine abwesende Person könnte in peinlicher Weise einmal vom Kind „einseitig" zitiert werden.

Mit fremden Kindern wird relativ schnell vorurteilsfrei und vertrauensvoll gespielt. Im Gegensatz zu vielen Erwachsenen analysieren Kinder nicht sofort oder zunächst ihr Gegenüber, sortieren andere Menschen nicht in bestimmte Schubfächer der Vorurteile ein und nageln einen Menschen auch nicht ein für allemal auf eine bestimmte Tat fest. Erwachsene können von Kindern lernen, daß Vertrauen wächst und Verantwortung füreinander wahrgenommen wird, wenn Vorurteile überwunden werden.

Kinder, die sich gerade noch gezankt haben, können kurze Zeit später wieder miteinander spielen. Während sich Erwachsene noch aus dem Weg gehen, sitzen Kinder wieder fröhlich und versöhnt beieinander.

Kinder sind zwar keine Heilsbringer; sie können sehr gefühls- und maßlos sein, besonders wenn das gute Vorbild der Erwachsenen und gute Spielräume fehlen. Aber sie bieten die besondere Chance, das Leben neu und unmittelbar zu entdecken. Wenn Erwachsene wie Kinder werden – nicht kindisch, aber kindlich –, öffnet sich mit ihren Kindern sogar das Reich des Himmels. Wer erwachsen ist, weiß, daß davon alle hier auf Erden leben.

Politiker

Verantwortung für andere und das Gemeinwohl

Politiker sind auch nur Menschen. Manche verhalten sich jedoch „unmenschlich“, wenn sie wie Haie über ihren Gegner oder Mitstreiter bei der kleinsten blutenden Wunde herfallen. „Ein kleiner Fehler oder Widerspruch dem Vorsitzenden der eigenen Partei gegenüber kann ausreichen, ‚verschlungen' zu werden“, sagte ein Politiker, der resignierte.

Andere verhalten sich wie Wölfe, die zwar die politischen (Fall-)Schlingen kennen, aber über ihre Natur ein Schafsfell gezogen haben. Ihr „doppeltes Wesen“, ihre Heuchelei und Doppelmoral werden von vielen nicht durchschaut oder einfach hingenommen. Und wenn eine bestimmte Tat sie dann doch einmal öffentlich oder parteiintern anklagt, wird sie durch den Erfolg des anderen oder aus Angst vor eigenem Liebes- bzw. Mandats- oder Funktionsverlust entschuldigt.

Es gibt darüber hinaus Politiker oder solche, die es eigentlich sein wollen, die sich „zu menschlich“ verhalten. Sie gleichen einem Hund, der den Mond anbellt und doch nichts bewirkt. Weltfremde Bevormundungen und überhebliche Besserwisserei sind für viele aufmerksame Beobachter störend und für Sachfragen wenig hilfreich.

Menschliche Politiker, die es in allen Parteien und darüber hinaus gibt, sind mehr als gerissene, kluge oder naive Tiere. Sie sind politische Menschen, die vor allem Verantwortung für andere und für das Allgemeinwohl übernehmen und dabei die wichtige Brücke zum normalen Leben, zur Familie und zum Beruf grundsätzlich nicht abbrechen. Sie sind innerlich und äußerlich frei und unabhängig. Weil sie ethisch und geistig verwurzelt sind, müssen sie nicht um jeden Preis siegen. Im Zweifel können sie ihre eigene Meinung und Gewissensentscheidung über die Auffassung ihrer Partei stellen. Sie nehmen sich auch nicht ständig so wichtig und sind deshalb gegen die Versuchung der Gottähnlichkeit geimpft.

Menschen, die menschlichen Trost und Beistand gebrauchen, aber auch menschliche Anerkennung und Zuwendung.

Gottesdienst

Ob fromm oder unfromm

Der neue Mitarbeiter wollte es genau wissen: „Muß ich jetzt auch am Gottesdienst regelmäßig teilnehmen?“ Das letzte Mal, fügte er ehrlich hinzu, hätte er die Kirche bei seiner Trauung von innen gesehen. Sein neuer Vorgesetzter schaute ihn schmunzelnd an. Die Einladung zum Gottesdienst sei zwar keine Vorladung, erwiderte er, aber eine „gelegentliche Teilnahme“ würde schon von einem hauptamtlichen Mitarbeiter der Kirche erwartet. Und überhaupt sei die Gottesdienstteilnahme kein Vorrecht für besonders fromme Menschen. Jeder – ob fromm, gott- oder weltlos – könne kommen.

Am nächsten Sonntag wollte der Mann „ein persönliches Zeichen des guten Willens setzen“, wie er den Gottesdienstbesuch seiner erstaunten Frau gegenüber begründete. Er könne zudem seinen neuen Arbeitgeber noch nicht richtig einschätzen.

Was wird dieser Mann erleben? Die Bestätigung seiner (Vor-)Urteile oder neue Einsichten und Erfahrungen? Eine leere oder volle Kirche? Nur alte Menschen? Wenige hochbetagte Frauen oder auch Jugendliche? Eine frohe Gemeinschaft oder nur ernste, traurige Gesichter? Einen langweiligen theologischen Vortrag, den er nicht versteht oder eine „erfrischende Rede“, die ihm „unter die Haut geht“ und für sein Leben wichtig ist? Hört er von der Kanzel weltfremde (Museums-)Sprüche oder einseitige Auszüge eines tagespolitischen (Partei-)Programms? Gibt es wirklich so etwas wie die froh- und neumachende Gewißheit der Liebe Gottes im Leben und für das Leben?!

Dieser Mann kehrte sehr nachdenklich nach Hause zurück. „In den 15 Jahren, in denen ich einen großen Bogen um die Kirche gemacht habe“, sagte er seiner Frau während er seinen Mantel auszog, „hat sich doch einiges geändert.“ Besonders wichtig geworden sei ihm ein Gedanke der Predigt. Und als er seinen Mantel so betrachtet denkt er: Manche Erfahrungen sind alt und doch aktuell. Sie passen und engen nicht ein, sondern schützen und wärmen. Könnte ich diesen Mantel nicht auch im Alltag tragen?!

Ganzheitliche Sicht

Neuer Horizont

Scheuklappen engen den Horizont ein. Manche scheinen das gar nicht zu merken. Sie ziehen treu und brav den Karren mit ihren Vorurteilen und einseitigen Sichtweisen hinter sich her und fühlen sich dabei noch sehr wohl.

Andere können ihr Gesichtsfeld nicht erweitern, weil sie unzufrieden und neidisch ständig mit der Lupe die Fehler der anderen suchen und vergrößern, um von den eigenen Schwächen und vom eigenen Versagen abzulenken. Manchmal begegnet man auch Menschen, die mit dem Fernrohr am falschen Ort nach Wohlstand und Glück Ausschau halten. Wer nur in die Ferne sieht und vor sich hinträumt, darf sich nicht wundern, wenn er sein Glück übersieht, das gleichsam vor seinen Füßen liegt und nur auf eine bewußte Begegnung wartet.

Immer zahlreicher scheinen die „Radarpersönlichkeiten" zu werden, die geschichts- und gesichtslos nur nach den Stimmungen des Tages und des Zeitgeistes schielen. Aber ohne Wurzeln ist ein auch noch so geschicktes Anpassungstalent halt- und orientierungslos, eigentlich ständig auf der Flucht vor sich selbst und anderen. Und derjenige, der nur den Weg des geringsten Widerstandes geht, verliert schnell wichtige Ziele aus dem Auge.

Täuschungen und Irrtümer ergeben sich darüber hinaus, wenn die Welt der Dinge und Tatsachen nur durch eine bestimmte Brille gesehen wird. Eine einseitige Betrachtungsweise kann den verschiedenen Wirklichkeiten nicht gerecht werden.

Der Horizont des christlichen Glaubens befreit zu einer ganzheitlichen Sichtweise und zu einem Durchblick, der neue Hilfs- und Lebensmöglichkeiten eröffnet. Dieser Horizont ist auch dann da, wenn ein Mensch ihn leugnet oder den Kopf in den Sand steckt. Bei aller Ferne ist seine Faszinations- und Lebenskraft in der Gegenwart erfahrbar.

Pressefreiheit

Freiheit mit Eigenverantwortung verbinden

Ein Leben ohne Medien ist kaum vorstellbar. Auch könnte die demokratische Kultur ohne Presse, Rundfunk und Fernsehen nicht wachsen. Die Medien stellen Öffentlichkeit her und schaffen damit die Möglichkeit für den Bürger, sich zu informieren und eine eigene Meinung zu bilden. Indem Journalisten Mißstände aufspüren und darüber kritisch berichten, dienen sie dem Allgemeinwohl. Gerade wenn Personen des öffentlichen Lebens bei berechtigter und unbequemer Kritik wie getroffene Hunde bellen und den Medien gern einen Maulkorb umhängen wollen, sollten sie sich nicht einschüchtern lassen und ihre Kontroll-Funktion weiterhin sachlich und fair wahrnehmen. Denn die Pressefreiheit hilft der Wahrung der Menschenwürde und der Entwicklung einer demokratischen Gesellschaft.

Gegen die Freiheit der Meinung und der Presse spricht auch nicht ihr möglicher Mißbrauch: Zum Beispiel durch einen Scheckbuch-Journalismus, der die Privatsphäre mißachtet. Oder durch Vorverurteilungen von Menschen, die nicht in das eigene Konzept passen; durch das Totschweigen des Positiven und Bewährten, weil es nicht „aktuell" ist; durch Hochjubeln und Überbetonen von Minderheiten und des Abnormalen, was der Wirklichkeit nicht gerecht wird. Die Grenzen der Freiheit sind auf jeden Fall überschritten, wenn eine böswillige Lüge einen Mitmenschen in seiner Ehre und Würde verletzt, wenn nachweislich falsche Tatsachen behauptet werden und eine Person erkennbar und willentlich beleidigt wird.

Solche Auswüchse werden die Ausnahme bleiben, wenn die Bürger mit den Medien kritisch umgehen und sich nicht alles gefallen lassen. Dann verdienen besonders die Medien Vertrauen, die ihre Freiheit mit Eigenverantwortung verbinden, sich sowohl als vorurteilsloser und wahrhaftiger Spiegel als auch als unabhängiger und überparteilicher Motor des öffentlichen Lebens verstehen.

Hinweisschilder

Der Wegweiser der Verantwortung

Jedes Auto verspricht Beweglichkeit und Freiheit. Daß diese häufig unbewußte Sehnsucht im Streß eines Staus oder bei einer „nerventötenden“ Umleitung ernüchtert wird, ist eine allgemein bekannte Erfahrung. Aus dem stolzen Freiheitsgefühl werden schnell Ohnmachtsgewißheiten und resignierende Unlustäußerungen. Aber selbst bei „freier Fahrt“ dämmert es vielen und manche gewinnen auch die Einsicht, daß nur die Person wirklich frei ist, die auch weiß, wohin sie will und die in der Lage ist, Hinweisschilder richtig zu deuten und die Verkehrsregeln einzuhalten. Wenn dieses praktische Wissen nicht gelernt worden ist oder teilweise fehlt, wird der Fahrer unsicher und anfällig für plötzliche Überraschungen.

Ähnliches gilt auch für den Alltag des Lebens. Ohne Ziele, Werte, Normen, Tugenden, Grundsätze, ohne richtig gedeutete Wegweiser, kommt niemand richtig voran, sondern wird gelenkt und unfrei. In plötzlichen Krisensituationen gerät man dann sogar ins Schleudern. Deshalb sollte sich jeder Zeit nehmen, über Grundfragen seines Lebens nachzudenken: Woher komme ich eigentlich? Wo befinde ich mich im Augenblick? Wohin soll mein Weg führen? Welche Leitbilder prägen mich? Denn ist mein Leben nicht mehr als eine Auto- und Spazierfahrt?

Ein Auto und die vielen Hinweisschilder können nicht antworten und nichts verantworten. Aber genau das vermag der Mensch: Antwort geben auf den Ruf seines Schöpfers: Ich trau dir neue Freiheit zur persönlichen Verantwortung und zur Vermenschlichung deiner Situation zu. Gott als das Urziel allen Lebens ist der schöpferische Urgrund auch des einzelnen Menschen, der schon jetzt (Ur-)Halt und Orientierung im Blick auf die Botschaft der Überlieferung von Jesus Christus gewinnt. Daß dies keine leeren Versprechungen sind, hängt vom persönlichen Umgang mit diesem „religiösen Wissen“ ab. Es sagt keine Fahrt ohne Unglücke voraus, wohl aber im Unglück die Freiheit zum „dennoch vertraue ich“, zum Neubeginn und zur Neuorientierung.

Krankenhaus

Der gute Geist des Hauses

Eine freundliche Annahme gehört zu einem Krankenhaus mit einem menschlichen Gesicht. Das Krankenhaus wirkt einladend und ein wenig vertraut, wenn die Räume insgesamt wohnlich, sowie Rückzugs-, Gesprächs- und Kommunikationsmöglichkeiten vorhanden sind. In der Folgezeit wird der nicht einfache Aufenthaltswechsel durch eine gute Organisation, übersichtliche und kurze Wege und ein gutes Essensangebot erleichtert. Denn kaum ein Mensch wird an diesem neuen Ort seinen Geschmack und seine Bedürfnisse nach Freundlichkeit, Wohnlichkeit und Schönheit, sowie nach persönlichen Gesprächsmöglichkeiten und Privatheit einfach vergessen oder unterdrücken können.

Dieses „Äußere" allein reicht jedoch nicht aus. Es darf zudem kein Selbstzweck sein, sondern sollte dem „Inneren", dem guten Geist des Hauses dienen. Ein menschenverachtender Ungeist herrscht bei den besten äußeren Bedingungen, wenn ein Patient wie eine Nummer oder Massenware behandelt und abgefertigt wird. Auch ein Hilfesuchender gibt seine Würde in der Eingangshalle des Krankenhauses nicht einfach ab. Nicht nur der mündige Patient will als ganzer Mensch mit seiner einmaligen Persönlichkeit beachtet und geachtet, wahrgenommen und ernstgenommen werden, sondern jeder Nächste. Der Geist des Hauses ist menschlich, wenn der Patient vernünftig und liebevoll informiert wird. Wenn er gefragt wird und hinterfragen darf; wenn er bei seiner „Krankheitsgeschichte" mitsprechen und sie durchsprechen kann. Er möchte in der Regel bei Entscheidungen selbst antworten und die letzte Entscheidung selbst verantworten und dabei nicht allein gelassen werden.

Eine Fachlichkeit ohne Menschlichkeit wird geist- und lieblos. Und für den Geist der Menschlichkeit ist die Fachlichkeit notwendig, um die Not wenden zu können. Das Krankenhaus selbst wird für einen Notleidenden dann zum Gesundheitshaus auf dem Weg zur Heilung des Körpers und der Seele.

Malente 4.9.2003

Hände

Loslassen, um zu empfangen

Hände sagen die Wahrheit, weil sie nicht lügen können. Fingerabdruck und Handschrift sprechen eine eindeutige Sprache: Der Mensch ist einmalig und unverwechselbar. Seine Hände kann der Mensch jedoch sowohl in den eigenen Schoß legen als auch akiv gebrauchen.

Der herzliche Händedruck vermittelt gute Gefühle und persönliche Nähe. Pflegende Hände helfen auch der Seele und dem Geist, wenn der Körper des anderen auf freundliche und eindeutige Weise berührt wird und der Nächste seine eigenen Hände in Selbständigkeit und Eigenverantwortung zu führen lernt. Wer mit seinen Händen Nähe sucht und gewünschte Distanz achtet, verändert Spannungen und Stimmungen und belebt den ganzen Menschen. Ausgestreckte Hände laden die geballte Faust in der Tasche ein, sich zu öffnen, von Vorurteilen, Feindbildern, Angst und Schuld zu befreien, um mit neuen Erfahrungen, Gewißheiten und Einsichten gefüllt zu werden. Wer alte Kamellen loslassen lernt, wer zunächst den Balken in seinem eigenen Auge entfernt, kann neue Früchte einer erneuerten Gemeinschaft ernten.

Offene Hände sind in der Lage, den Neid und den Haß hinter vorgehaltenen Händen zu entlarven, indem sie zur Aussprache und neuen Absprache einladen. Belehrende oder selbstgerechte Zeigefinger hat derjenige nicht nötig, der auch den anderen von Gottes liebenden Händen getragen und ertragen weiß. Diese unsichtbaren Hände werden sichtbar und mitten im Alltag erfahrbar, wenn ihnen altes Leben anvertraut und neues Leben zugetraut wird. Wer die schöpferischen Hände Gottes im Vertrauen auf die Botschaft Jesu Christi ergreift, begreift seine Verantwortung für die Hände des Nächsten. Der entdeckt aber auch die Notwendigkeit der segnenden Hände Gottes, die in menschlichen Händen aufleuchten können.

Tradition

Annehmen, pflegen und weitergeben

Eine gute Tradition sollte gepflegt werden. Sie öffnet die Augen für die Weite und Vielgestaltigkeit des Lebens.

Als Selbstzweck bliebe sie jedoch entleert und brüchtig wie eine schlechte Fassade, die vom Klima der Modetrends und Tagesparolen abhängig wäre, auch wenn man es nicht wahrhaben wollte. Spätestens ein kräftiger Sturm der Alltagsprobleme würde diesen Etikettenschwindel entlarven.

Als lästige Erblast angesichts der aktuellen Herausforderungen gehört die Tradition auch nicht in den verschlossenen Keller eines Museums, wo sie verstaubt und in Vergessenheit gerät. Jede Generation muß die Möglichkeit erhalten, sich mit ihrer Geschichte und Herkunft auseinanderzusetzen, um daraus zu lernen, sich eine eigene, begründete Meinung bilden und die von der Vergangenheit mitgeprägte Gegenwart besser verstehen zu können.

Als stures Verharren in Gewohnheiten würde „Tradition" zudem mißverstanden. Mit einem Wohnzimmer billiger Gemütlichkeit und Bequemlichkeit hat sie nichts gemeinsam.

Eine lebendige Tradition, die angenommen, gepflegt und weitergegeben werden sollte, ist eher zu vergleichen mit einem Aussichtsturm, von dem aus die vergangenen guten und schlechten Kenntnis- und Erfahrungsschätze des Landes besser entdeckt werden können. Solche Rückblicke bieten dann Überblicke der Orientierung und Ausblicke zukünftiger Gestaltungsmöglichkeiten.

Die christliche Überlieferung als erleb- und erfahrbare Tradition ist keine Lupe, die entfernte Details „aus alter Zeit" untersucht, sondern das Fernglas, das die Schätze der Liebe Gottes zum Menschen aus der Ferne der Vergangenheit für die Gegenwart nutzbar und fruchtbar macht. Dieses weitergegebene Fundament, das Gewißheit und Entlastung vom lähmenden Überangebot des Zeitgeistes schenkt, eröffnet die Erneuerung des Lebens.

Zur Person des Autors

Burkhard Budde

geboren 1953 in Bünde (Westfalen); verheiratet, eine sechsjährige Tochter und einen sechs Monate alten Sohn; neben Theologiestudium Studium der Publizistik und Philosophie in Münster; Pressevikar beim Ev. Presseverband Westfalen-Lippe in Bielefeld; Volontärskurs im Journalistenzentrum in Hagen; Kurzvolontariate beim Deutschlandfunk in Köln und beim Herforder Kreisblatt; *13 Jahre lang Gemeindepfarrer in Spenge im Kreis Herford;* Mitglied des Kreissynodalvorstandes des Kirchenkreises Herford; Mitbegründer der Veranstaltergemeinschaft Radio Herford; Gründer des Altenheimfunks im Alten- und Pflegeheim Martinsstift in Spenge; *seit März 1994 Direktor des Marienstiftes in Braunschweig,* zu dem u.a. ein Diakonissenmutterhaus, ein Krankenhaus, ein Altenpflegezentrum, eine Krankenpflegeschule, eine Fachschule für Altenpflege gehören; Vorstandsmitglied des Wichernhauses in Bad Harzburg; Mitglied des Kuratoriums des Bünder Krankenhauses; seit vier Jahren Kolumnist der ostwestfälischen Tageszeitung Westfalen-Blatt mit Sitz in Bielefeld.